TO

あやかし恋古書店
僕はきみに何度でもめぐり逢う

蒼井紬希

TO文庫

目次

あやかし恋古書店　僕はきみに何度でもめぐり逢う

第一話　不思議な出逢い

小さな頃、私は大切な絵本を抱えてひとりぼっちで泣いていた。

泣く場所は必ず決まっていた。家の近くにある古い神社だった。

『おとうさんとおかあさんは、どうして一緒にいてくれないの』

理由があって側にいられなかったのだろう。母は忙しく、父は家に帰らない。けれど、少女の私には大人の事情など知り得るわけがなかった。どうして、どうして、と繰り返し言って、大好きな祖母を困らせた。そのうち、祖母まで涙をこぼしてしまうから、もっと悲しくなってしまった。

だから私は近所の神社の陰でこっそり泣くようになった。そのときには必ず絵本を携えていた。腕に抱えていた絵本は、家族が幸せだった頃を思い出させる、唯一の宝物だった。

神社の人目につかないところで絵本を眺《なが》めては、やさしい記憶にある父や母の存在を恋しがっていた。

ある日、そんな私に声をかけてきた少年がいた。

どんな顔をしていたのか、どんな声をしていたのか、その子のことを鮮明には思いだせないのだけれど……ちょうど同じぐらいの年だったように思う。

『大丈夫……泣かないで。ボクが側にいるよ』

その言葉どおりに、少年は孤独《こどく》だった私の側にいてくれた。大切にしている絵本を見せると、彼はとても興味深そうに眺め、『君は絵本がとても好きなんだね』と微笑《ほほえ》み、もっと一緒に読みたいと言ってくれた。

私は嬉しくて、それから絵本を毎日のように抱えて神社にやってきては彼と一緒に楽しい時間を過ごすようになった。

会うたびに彼は決まってこう言った。

『キミの願いは何？』

なぜそんなことを言うのか私はわからなかった。

『私の願い……？』

『うん。ボクがいつか叶えてあげるよ』

私は彼の澄んだ瞳を見つめ返した。やさしい光を灯した眼差しは、本当に何でも叶えてくれそうだった。

きっと彼に出会う前なら、父と母と幸せだった頃に戻りたい、と願っただろう。けれど、彼と一緒に過ごすのが楽しくて、いつの間にか胸の痛みを忘れ、このままずっと側にいられたらと思うようになっていた。でも、それを願うのは勇気がいった。

（だって、かみさまは……わたしのおねがいを叶えてくれなかったもの）

彼は、初めてできた大切な友だちで、かけがえのない存在だ。もし言葉にしてしまったら、失ってしまいそうで、言いたくなかった。

俯く私に、彼は言った。

『それじゃあ、約束をしようよ』

『約束？』

『これからも、ずっとボクたちは一緒っていう約束だよ。明日も、明後日も、その先もずっと……』

少年の言葉が嬉しくて、私は声を弾ませて返事をした。

『約束よ？　ずっと、ずっと……私の側にいてね？』

小さな指を絡《から》めて約束した。ひんやりとした風が頬《ほお》を撫《な》でる、甘酸っぱい桜の香りがする季節だった。

いつから、彼は一緒にいられなくなったのだろう。必死に記憶を辿《たど》ろうとすればするほど、雲を掴むようにすり抜けていってしまう。彼の名前も、どんな容姿をしていたかも、一緒に過ごした場所も、絵本のタイトルも、何もかもを忘れてしまっているのだ。

もしかしたら、これは過去の記憶ではなく願望で、夢を見ていただけだったのだろうか。

意識が夢へと溶けかけたそのとき、ちらちらと桜吹雪《さくらふぶき》が舞い、目の前が見えなくなっていくのを感じた。やがて、『ねえ、こっちだよ』と、後ろから懐かしいような声がした。何度かその声はこだまして、ふわふわと綿毛が触れるように鼓膜《こまく》をくすぐる。

『約束だよ。忘れないで』

振り返って見えた、ぼんやりと靄《きり》がかった世界には、何も背景などがなく、美しい黒い羽根だけがひらひらとただ風に舞っていた。その幻想的な光景は、まるで蝶が番《つがい》を求めて彷徨っている様子にも見えた。

意思を持って動こうとした途端、柔らかな羽音が耳に届き、温もりに包まれた。それればかりか、ゆったりとしたリズムの鼓動《こどう》が伝わってくる。とても気持ちのいい音色だった。

――あなたはいったい、誰？

声の主の顔が見たいのに、強く抱きしめられ、振り返ることができない、全身の筋肉が弛緩《しかん》してしまったのか、身体が少しも動かない。声の出し方を忘れてしまったかのように、少しも声が出せない。もどかしさだけが喉の奥を焼いた。

『ずっと一緒にいる……約束？』

心の中で問いかける。しかし見えているはずの視界が、淡く滲んで消えていく。次の瞬間から、思い出せなくなる。

『そう。約束だよ。忘れないで』

いったいどこからが過去の記憶で、どこからが夢なのだろうか。だんだんと記憶の欠片《かけら》が解けていきそうになるのに、再び、あやふやな輪郭になっていく。もどかしく感じながらも、思考がとろけて結論を導き出せない。やがて視界が揺らいでいき、画面が砂の嵐のように途絶えた。

ぱちんとシャボン玉が割れたみたいに目が覚めて、真山紗月《まやまさつき》はハッと息をのむ。はっきりと視界に見えてきたのは、アパートの天井の模様だった。

すうっと霧が晴れるように意識が覚醒《かくせい》する。身体が火照《ほて》って汗をかいていた。エアコンの生暖《なまあたた》かい風が頬にかかる。どうやら居眠《いねむ》りをしていたみたいだ。

「私、何の夢、見ていた？」

目尻《めじり》に涙がたまっていることに気づいて、紗月は自分の指でそっと拭《ぬぐ》う。小さな頃に神社で泣いていた夢だった。そんな紗月の側に誰かがいてくれた。あの少年は誰なのだろう。その先を辿ろうとするものの、具体的な内容が思い出せない。とても懐かしく、温かい気持ちなのに、どこかもの悲しくて……不思議な気持ちになる夢だ。それとも、これは過去の記憶なのだろうか。

紗月は頭をぶんっと軽く振った。それからのっそりと身体を起こし、中途半端に片付けられた段ボールの箱と本の山々を見て、自分自身に呆《あき》れる。

「あー……ぜんぜん進んでない……」

そうだった。もうすぐ引っ越しをするために本棚の整理をしていたところだった。ついつい昔の本を読みふけっていたら、そのまま眠くなって睡魔《すいま》に引きずり込まれていたらしい。紗月は開かれたままになっていた『しろいうさぎとくろいうさぎ』という絵本に目を落とした。

つい先日まで東京の大型書店に勤めていた紗月は、新卒で入社して以来、絵本と児童書のコーナーを担当してきた。小さな頃から絵本が大好きで、書店員になってからも色々な絵本に出逢ってきたけれど、紗月が子どもの頃から読み込んできたこの絵本ほど愛に溢れたものはないと思う。

日に焼けてあちこちがボロボロで背表紙が今にもはがれそうなその絵本を、再び一ページ目から捲《めく》って読んでみることにする。

しろいうさぎとくろいうさぎ、二匹の小さいうさぎが、広い森の中に住んでいて、二匹は毎日、一日中楽しく遊ぶ仲だった。ところが、ある日もかくれんぼをして一緒に遊んでいる最中に、くろいうさぎが座り込み、悲しそうな顔をする。

『どうしたの』と尋ねるしろうさぎに、くろいうさぎは『うん、ぼく、ちょっと　かんがえてたんだ』と言い、しろいうさぎに胸に秘めた想いを告げる。

『ぼく、ねがいごとをしているんだよ。いつも　いつも、いつまでも、きみといっしょにいられますようにってさ』

二匹は手を握《にぎ》り合って、たんぽぽの花を摘《つ》んで耳にさし、月の光の中で結婚式のダンスを踊る――友情が恋へ、時にせつなく、いつしか恋が愛へ――形を変えながら二人がずっと一緒にいられる幸せをつづってある。六十年代に発行されたガース・ウィリアムズ作の絵本だ。

この絵本を読みながらうたた寝していたから、あんな夢を見てしまったのだろうか。

祖母から聞いた話だと、小さな頃から絵本が大好きで、とくにこの絵本は五歳のときからずっと宝物のように大切にしていて、毎日捲って読んでいた〝らしい〟。

なぜ他人事なのかというと、実は、紗月には十歳までの記憶がない。だから、それまで紗月がどんなふうに生活していたか、祖母や母を通じて知ることしかできないのだ。

記憶喪失になった原因は、今から十五年前の交通事故のせいだった。ちょうどその頃、紗月の両親は離婚で揉《も》めて、父が家に帰らない日が多くなっていたらしく、母が勤めに出ている間は、祖母に面倒を見てもらっていた。そんなある日、十歳を迎えた誕生日に紗月は一人で神社に遊びに向かった。その途中で、交通事故に巻き込まれたのだそうだ。

病院に運び込まれたときは重体で、奇跡的に回復したものの、事故に遭《あ》った前日までの記憶がさっぱり思い出せなくなっていた。医師に詳しく看《み》てもらったところ、脳に損傷はなく、後遺症《こういしょう》は心配ないとのこと。最終的に、記憶の喪失《そうしつ》については、何か心理的なものが作用して一時的に思い出せないのかもしれない、という診断が下された。

しかしその後も紗月の記憶は戻ることなく、十五年の月日が流れた。

紗月は、今年の春で二十五歳。十歳までの記憶がなくてもとくに生活に支障《ししょう》はない。大人になるにつれ小さな頃の記憶が薄れていくことは一般的であるし、紗月の場合はそれが人よりもちょっとだけ早い、ただそれだけだと思うようにした。

十歳までの記憶はないが、その分、小学校高学年、中学、高校……と、大切な時間を過ごしたことはちゃんと覚えている。その青春時代を過ごした故郷に、紗月はもうすぐ帰る。

あることがきっかけで、この春、四年間勤めた会社を辞め、Ｕターン転職をすることにしたのだ。

そのせいなのか、この頃、定期的に不思議な夢を見るようになった。あまりにもリアリティがあるのでおそらく故郷で暮らしていた小さな頃に体験したことではないかと思うのだが、目が覚めたとたんにそれは朧《おぼろ》げになり、夢なのか記憶なのか曖昧になってしまう。

夢を見た日は決まって、すぐにでも地元に帰りたい衝動がわいた。七年も東京にいて、今さらホームシックというのも変だと思うのだけれど。それに近い感傷的な気持ちになるのだ。

生まれ育った故郷『透馬村《とうまむら》』の田舎の風景を思い浮かべたそのとき、着信音が鳴り響いた。紗月はテーブルに置いてあったケータイを手に取った。コールの主は母だ。通話ボタンを押して耳にあてがう。

「もしもし？」

『あ、お母さんだけど、紗月、引っ越しの準備はどう？　大変なら手伝いに行くわよ？　一日ぐらいならお休みして、往復できると思うから』

「大丈夫。お母さんはおばあちゃんのこともあるし、大変でしょう？　一人暮らしのときに揃《そろ》えたものは処分していくから、そんなに荷物もないし、順調に終えるところよ」

紗月はがらんとした部屋を眺めながら、そう答えた。

『そう。戻ってきてくれるのは頼もしくて嬉しいことだけど、おばあちゃんのお見舞いのこと、あなたをあてにしきってるわけじゃないんだから、ちゃんと自分のこれからのことを考えるのよ』

「わかってる。心配しないで」

『じゃあ、美味しい料理を作って、紗月がこっちに到着するのを楽しみに待っているわね』

母は声を弾ませて言った。つられて紗月もほっこり温かい気持ちになる。

「うん、私の方こそ、楽しみにしてる。あ、リクエストしていいなら、肉じゃが食べたいなぁ。里芋が入ってるやつ」

『ちょっと待ってて、今、材料をメモするから』

電話口の母の様子が目に浮かぶ。楽しそうに『里芋《さといも》とひき肉と……』とメモをしはじめたようだ。

きっと母は悟っているのだろう。紗月が田舎に戻りたくなった理由を。けれど、いつも母は紗月が言いたくないだろうと思うことは聞いてこない。昔からそうだった。

紗月の祖母は去年の暮れあたりから体調を崩して入院しており、ほとんど母が面倒を見ている。親戚はみんな遠方にいて、透馬村に残っているのが母しかいないからだ。

母だって仕事をしているので両立するのは大変だろう。おばあちゃん子だった紗月は、祖母のために自分ができることがあれば助けてあげたいと考えていた。

それなら休暇を使って協力することもできたかもしれないのに、田舎にUターン転職することを決意したのは、実は別のことがきっかけだった。

紗月には恋人がいた。三つ年上の先輩で、いずれ彼と結婚をすることも意識していたし、彼もそうしたいとよく話をしていた。交際は順調のように見えた。ところが、付き合って三年目の記念日に、彼が他の書店員と浮気をしていたことが発覚。紗月の知らないところで一年以上も続いていたことがわかった。

『二人が結婚するって、聞いた？　デキちゃったんだって……』

追い打ちをかけるように同僚から浮気相手の妊娠の事実を知らされ、紗月はショックを受けた。

息ができなくなりそうなほど苦しくて、ぽっかりと空いた胸にぎゅうぎゅうと真綿が埋められていくような感じがした。その場に立っていられないほど足が震えた。自分の存在すべてを否定された喪失感で、目の前が真っ暗だった。気がついたときには事務所に運ばれていた。思いつめるあまりに過呼吸になって倒れたらしい。

その後、紗月はだいぶ無気力な日々を過ごしていた。仕事をしている間はまだよくても、少しでも考える時間があると彼らのことばかりがちらついた。

二人の結婚式、彼の左手の指輪、どんどん大きくなる彼女のお腹、やがて生まれてくる赤ちゃん……。そうやって想像したとき、自分の中に渦巻《うずま》く黒い感情に怖くなった。純粋な気持ちでお客さんに絵本を薦《すす》める心境になれる自信がなかった。

だめだ、このままじゃ私、自分がいやになる。紗月は危機感を抱いた。

ある日、ふと思い立った。故郷に帰りたい。衝動のままに母に電話を入れた。すると、ちょうど母も紗月に連絡したいことがあったのだという。それが、祖母の入院の知らせだった。

「私、新潟《そっち》に帰ろうと思っていたんだ」と紗月は告げた。

一時的な意味ではないと伝えると母には驚かれたが、娘が側にいてくれるなら助かると言って歓迎してくれた。

それからも詳しい理由は母に伝えていない。ただでさえ祖母のことで大変なのに余計な心配をさせたくなかったし、人に話せるほど心の傷が癒《い》えたわけでもなかったからだ。

あえて理由を聞かないのは、母なりのやさしさだろう。そして、そんな母を裏切っていなくなった父のことが、漠然と心の中に浮かんだ。

……といっても、もう顔が思い出せない。声がどんなだったのかも覚えていない。県外に出ているらしいが、自ら進んで情報を知りたいとは思わなかった。

父は、紗月が幼い頃に出ていったらしい。紗月は事故に遭って十歳までの記憶がないため、不幸にして幸い、トラウマになるような辛い思い出は残っていないのだが、当時の母の心境を察すれば、きっと今置かれている紗月の状況と同じだったのではないかと思う。

好きな人から裏切られ、やりきれなくて、でも、どうするわけにもいかないのに、いつまでも未練という鎖に縛りつけられているという点が、共通している。

離れてしまった相手の気持ちを取り戻すのは難しい。それならば、もう綺麗さっぱり忘れよう、自立するためになんとか震い立とうとする、母もそんな気持ちだったのではないだろうか。

母は『私が足りなかったのよ』と自嘲《じちょうぎみ》気味に言った。それが今の紗月にはよくわかる。元彼ばかりを責めてはいけない。紗月にだって反省すべきところがある。彼に好きでいてもらう努力や、彼に対する思いやりがきっと足りなかったのだ。

紗月は母からの電話を切ったあと、開きっぱなしだった絵本『しろいうさぎとくろいうさぎ』の幸せそうな二匹のうさぎのイラストを眺め、文章を目で追った。

『ぼく、ねがいごとをしているんだよ。いつも　いつも、いつまでも、きみといっしょにいられますようにってさ』

永遠に変わらぬ愛を誓《ちか》えることは、なんて尊い幸せなのだろう。

いつか、自分もめぐり逢えるだろうか。こんなふうに互いを思い合える人に。


引っ越し当日。新潟駅から電車に乗り換えて一時間半ぐらいだろうか。さらに乗り換えを二回して九つほど駅を通り過ぎると『透馬村』という無人駅に到着した。乗客はそこそこいたはずだが、紗月の他には一人も降りる人がいなかった。

透馬村は辺境の片田舎なので、電車はほとんどが通過してしまう。それでも、新興住宅ができたおかげか、一時間に一本は走るようになったのでありがたい。

改札を通ってすぐ紗月の視界に飛び込んできたのは、青々と晴れた空に林立した山々、地平線の彼方へと伸びてゆく、田園の風景だ。

情緒豊かな景色を目の前にして、紗月は肺を清々しい空気でいっぱい満たすようにすうっと深呼吸した。

（すごく、きもちいい！）

若草の匂いが心地いい。故郷の空気が都会の暮らしで疲弊した細胞の隅々まで癒してくれる気がする。

駅の構内から出ると、薄紅色の花びらが舞い降りてきて、紗月の頬をくすぐった。沿線に植樹された桜の木から風に流されてきたらしい。満開に咲き誇っている桜並木の美しい風景に目を奪われた。甘酸っぱい桜の匂いを感じると、ほろ酔いにも似た淡い夢心地になる。

この地方は東京よりも開花が遅く、四月半ばを過ぎた今がちょうど見頃の時期である。儚くも美しい花をつけた桜の木が、緑に囲まれてとても幻想的だ。

駅を出たすぐ右手に建てられている村役場の掲示板には、『黄桜祭り』のポスターが貼られ、短歌の発表を行う朗詠《ろうえい》会のお知らせが掲載《けいさい》されていた。

古くから縁結びの神様として知られる、村の守り神を祀った『透馬山神社』の敷地内には、広々とした自然公園があり、ソメイヨシノの古木と黄桜が植樹されている。桜はそれぞれ開花時期が異なるため、四月下旬から五月上旬頃まで彩を楽しめる。普段は閑散としている神社がにぎやかになる時期だ。

紗月の実家は神社のすぐ近くにあり、お花見やお祭りの時期になると、近所の友だちを誘って何百段もの長い石段をのぼり、お参りに出かけたものだった。

(懐かしいな……)

紗月は無意識に頬を緩ませた。

それから紗月は赤い神社の鳥居を目印にして、駅を背にゆっくりと歩いた。左手には新興住宅街が広がっている。同じ村のはずなのに道路を一本挟んだだけで別の街みたいだ。

都会ほどではないけれど、田舎もいつの間にか変わっていくものなんだな、と思いながら、紗月は右手に目をやった。

ここから曲がりくねった道を歩いていくと、だんだんと閑静な田舎道に入っていく。十五分ぐらい歩けば、アーケードのかかった商店街が見えてくるはずだ。商店街の通りを抜けると、小学校や中学校があり、祖母の入院している病院はその先にある。

商店街に入ってから、紗月はきょろきょろと見渡した。人はまばらで活気はない。すっかりさびれてしまっている。でも、紗月にとってはこれが逆に情緒があってよかった。

古めかしい街並みに懐かしさを感じていたら、『鴉《からす》翅《ば》堂《どう》書店』という看板を掲《かか》げた店の前で立ち止まった。

（なんだろう、ここ……）

引き戸を閉じた店のガラスの奥に見えるのは、ぎっしりと並んだ書架《しょか》、平積みされた本の山々。書店といってもどうやら古書店のようである。

店主の姿は見えない。がらんとしていて薄暗く、電気がついている様子もない。閉店しているのだろうか。それとも廃業してしまったのか。どちらだろう。

「でも、こんなところに古書店なんてあったかな？」

紗月は思わずひとりごちる。

高校を卒業した後、紗月は東京の大学を受けて上京しているが、それでも正月と盆には祖母の家を訪れている。社会人になってからも年に数えるほどではあったが時々遊びに来ていたし、あまり活気のない商店街のことも見るたびに把握《はあく》していたつもりだ。

だが、どう思い出そうとしても古書店があった記憶はない。看板も店構《がま》えも随分《ずいぶん》と古めかしく、まるでこの商店街ができたときからずっと村を見守っていたかのような貫禄《かんろく》がある。ここ最近できた店とはとても思えなかった。

そのとき、バサバサと羽音が聞こえ、紗月の前に一羽の鳥が悠々《ゆうゆう》と舞い降りてきた。真っ黒……ではないから、カラスではない。ぶるっと震えた鳥の身体が、陽に照らされて淡泊石《オパール》のような虹色に輝いて見えた。

「わ、キレイ……なんていう鳥？」

顔が頬紅《ほおべに》でもはたいたようにほんのり紫かかったピンク色をしていて、首から胸にかけては緑色と紫色の光沢がかったグラデーションが美しく、すっと整った長めの尾が格好良い。

紗月は魅入《みい》られるようにそっと近づく。鳥はこちらを一瞥《いちべつ》した。しかし攻撃するわけでも逃げるわけでもなく、その場に凛《りん》とたたずんでいる。人間の芸者のような風格さえ感じられる。

黒曜石《こくようせき》のようにきらきらした円らな目が愛らしい。嘴《くちばし》はいっけん黒く見えるが、先っぽの方だけが乳白色《にゅうはくしょく》という珍しい模様である。

「ねえ、あなた、なんていう名前？」

鳥は喋《しゃべ》れないのだから当然ながら答えないし、紗月に興味すら示さない。

図鑑か何かで見たことがあるような気がする。たしか天然記念物の鳥ではなかっただろうか。見つめていたら、なぜか懐かしい気持ちがこみ上げてくる。もしかして、どこかで見たことがあっただろうか。一生懸命に記憶を引き出そうとしていると、美しい鳥は羽ばたき、再び雲一つない春空へと翔《か》けていった。

悠々と飛ぶ姿もまた見惚れるほどキレイだ。それから程なくして紗月の視界から消えた。

（ああ、行っちゃった……）

びゅうっと強く吹きつけてきた突風に煽《あお》られ、紗月は顔に絡みついてきた髪を手で押さえる。ふいに、鴉翅堂書店のガラス戸に貼られた一枚の紙に視線が吸い寄せられた。気になって近づいてみる。

【書店員募集　経験者ヲ優遇《ゆうぐう》ス　鴉翅堂書店　店主】

閉店のお知らせかと思いきや求人の貼り紙だった。古めかしい店と比べ、真新しい紙が雪のように輝いて見える。墨《すみ》で描かれた達筆《たっぴつ》な文字は乾いたばかりのようだ。

（出会ったことのない本があるかしら。ここで働かせてもらえたら……）

そんなことを想像したら、たちまち気分が高揚《こうよう》した。紗月は子どもの頃からずっと本が好きだったが、本というだけでわくわくと胸が躍るのは、もはや職業病の域を超えている。紗月の人生の一部だ。

書店員を辞めたからといって、本が好きだという気持ちは変わりないし、本がない生活も考えられない。紗月が引っ越しの段ボールに詰めたものの半分は、本が占めているぐらいだ。

今後もできたら、書店員の経験を生かして本に関わる仕事をしたい。そう考えたとき、忘れかけていたはずの元彼のことが脳裏《のうり》をよぎり、ため息をつく。

万が一、彼が転勤になってこちらへ来ることになったら……と思うと不安だ。可能性を挙げ出したらキリがないのだけれど、考えずにはいられない。

(自分がこんなに打たれ弱いなんて……思わなかったわ)

プライベートで何があろうと大丈夫だと言って笑って済ませてきたし、仕事で叱られたりクレームが続いたりした日だって乗り越えてきたはずだったのに。

たった一つの恋に振り回され、結局、紗月はプライドも何もかも捨て、逃げてきてしまった。今も自分にはちっとも価値が見いだせない。

(こんなんじゃだめだよね……なんとかしないと)

たとえば司書になるために県の公務員試験の合格を目指し、一方で司書の資格をとるということも視野に入れているが、書店員になるよりも狭き門だ。

(どうするんだ、私)

これからのことを考えるとブルーになる。紗月は余計な悩みを振り切るようにぶんっと頭を振った。

とりあえず充電期間が必要だ。ランナーだってずっと走ったままではいられないだろう。立ち止まったら、きっとまた歩けるようになるはず。貯金があるうちは、ちょっと羽を休めて、それからまた動こう。

紗月はそう自分に言い聞かせ、また近いうちにここへ来てみようと思い、商店街をあとにするのだった。


紗月が古書店『鴉翅堂書店』を訪れたのは、それから一週間後のことだった。

求人の貼り紙には連絡先の電話番号が書かれていなかったので、紗月は当日スーツを着て、本屋の様子を見に行くことにした。できたらその足で、店主に求人の貼り紙について尋ねようと考えていた。

「ごめんください」

期待と好奇心に胸を躍らせながら、紗月は店の入り口のドアを開けた。たてつけが悪いのか、ガラガラと小石が挟まって削られるような鈍い音が響きわたった。

すると、店のカウンターと思わしき場所にいた一人の若い男性がこちらを見た。彼は一瞬、驚いたように固まり、長めの前髪の間から紗月を物珍しそうに眺めるだけで「いらっしゃいませ」とも言わない。

（あれ？　ここ、鴉翅堂書店だったよね？）

紗月は店を間違えたのではないかと焦った。店主の妙な反応も理由の一つだが、何より彼の服装が書店の店主の装いとは思えない、艶やかな着物姿だったからだ。

黒地に翡翠《ひすい》色の雨縞模様が入った着物、光沢を上品に抑えた藤《ふじ》色の羽織《はおり》は、おそらく高級な呉服屋《ごふくや》で仕立てられたものだろう。生地の質の良さが、紗月のような素人の目にもわかった。

加えて、艶々《つやつや》とした漆黒《しっこく》の前髪から覗《のぞ》く、涼しげな二重《ふたえ》の双眸《そうぼう》にはえも言われぬ色気があり、凛と澄んだ瞳に吸い込まれてしまいそうだ。

年齢は見た目からすると二十代後半くらいだろうか。彼にはなんというか、中性的いや無性的ともいえるような蠱惑的《こわくてき》な雰囲気が漂《ただよ》っている。

うっかり心を奪われてしまった紗月は、店主から訝《いぶか》しげな目を向けられ、ハッと我に返った。

店内を見渡してみれば、陳列された書架にぎっしりと並んだ本、平置きにされた古書の山々が目に入る。セピアに色褪《あ》せた本や独特の埃《ほこり》っぽい匂いもする。ここが古書店でなければなんだというのだろう。

「あの、鴉翅堂書店の店主の方でしょうか？」

紗月がおずおずと尋ねると、彼は傲慢《ごうまん》にも店の中へ顎《あご》をしゃくった。

「店の中は適当に見てくれて構《かま》わない。気になったものが届かない場所にあるときは教えてくれ。何か探しているものがあれば声をかけるといい」

まるで決められた文章を読むかのように言ったきり、彼は手元の古書に目を落としてしまった。あまり他人と関わりたくないのか、ただの無愛想なのかはわからないが、とりあえず彼が店主であることには違いないらしい。

ホッとした紗月は店内を見回し、適当にぶらりと書架を見て回った。

実用書、哲学書、日本文学、ロシア文学、西洋史……現代ミステリー、恋愛、ファンタジー等の小説はもちろん、絵画や写真、紗月の好きな絵本や児童書、懐かしい漫画本など、多種多様なジャンルの本が豊富に取り揃えてある。

こぢんまりとした外観にしては奥行があり、正面から見て横並びの書架が六つ、さらに奥へ行くと縦並びの書架が六つ。ざっと見たところ、小学校の図書室ぐらいの大きさはゆうにあるかもしれない。

ただ、品揃えが豊富な分、書架の間の通路は狭い。棚はぎっしり詰まっていて、上にも横にもたくさん積まれてあって隙間がない。いかにも古書店らしい雰囲気だ。

書架を巡ってみれば、紗月の知っているタイトルはもちろんのこと、骨董品《こっとうひん》ともいえる古書がかなりの数で揃っている。

本は色褪せているが、どれも大切に取り扱われていて、几帳面な陳列の仕方や配置を見れば、店主のこだわりが伝わってくる。本好きにはたまらない景観である。

紗月はひととおり夢中になって見て回ってから、カウンターにいる店主に近づいた。

書店では当たり前のように導入されているPOSレジがここにはない。手打ちのレジすらもなく、彼の手元にあるのは古いそろばん、トレイ、文鎮《ぶんちん》だ。

その隣に、手作りっぽい和風の栞《しおり》やブックカバーなどが置かれているが、男性の好みにしては随分と可愛らしい。これも販売しているのだろうか。興味を引かれつつ、今はとにかく店主にアルバイトのことを聞かなくては、と思い直す。

「すみません」

紗月が声をかけると、店主は手入れをしていた本から目を放し、顔をあげた。ガラス玉のような無垢《むく》な二つの瞳は、紗月をじっと見つめた途端、驚いたように大きく見開かれた。

「あ、あの……」

紗月は店主の様子に戸惑い、次の一言をためらった。しかし彼は何事もなかったかのように、紗月の手元に視線を落とした。

「決まったか？」

「いえ、実はアルバイトの採用について、お聞きしたくて」

「アルバイト？」

彼は視線を紗月の目線の高さに戻し、眉を顰《ひそ》めた。

「はい。お店の入り口のところに求人を出されていましたよね？」

尋ねても、思い当たる節がないといった顔をされ、紗月は戸惑う。

店主は紗月の問いには答えずのっそりと立ち上がり、深縹色《こきはなだ》の草履《ぞうり》につま先を滑《すべ》らせる。そして紗月を追い抜くように外に歩いていった。

「なるほど。あいつの仕業《しわざ》だな。余計なことを……」

ガラスに貼られた求人のチラシにようやく気づいたらしい。彼は舌打ちをしかねないような苦々しい顔で呟くと、またこちらに戻ってきて紗月の前で首を横に振ってみせた。

「悪いが、求人の貼り紙はちょっとした手違いだ。帰ってくれ」

店主はそう言って紗月を一瞥すると、背を向けてしまった。刹那《せつな》、着物に焚《た》きしめられた香《こう》の仄《ほの》かな香りが、紗月の鼻腔《びこう》をかすめる。

「え、あのっ」

彼はまたカウンターに戻っていってしまう。草履の鼻緒《はなお》まで墨に染まった彼の容姿は、まるでカラスのようだと思った。

『鴉翅堂書店』と名をつけるぐらいなのだから、店主の名前からもじったのか趣味なのかは知らないけれど、野生の鳥と違い、彼にはまるで活力のようなものを感じられない。

紗月は、慌てて店主の後を追いかけた。

「待ってください。自己紹介が遅れて申し訳ありません。私、真山紗月と言います」

カウンターの椅子に腰をおろそうとした店主は、くっついてくる紗月を煩《わずら》わしそうにし、急に店の奥へと方向転換する。そして、黙々と本の整理をしはじめた。

「少しでいいんです。お話を聞いていただけませんか？」

「……」

店主は無言だった。

彼が手にするものはどれも歴史を感じさせるものばかりだが、傷みも少なく、大事に手入れをされてきたのだとひと目でわかる。店主は丁寧に埃を払い、陳列の乱れを直していく。

彼の本を労わる手元を見ていたら、紗月も反射的に本に触れたくなってしまった。

やっぱり本が好きだ。はっきりと素直な感情が溢れてくる。

それに、ここには見たことのない本がたくさんありそうだ。ここで働いてみたい。

そんな衝動に突き動かされるがまま店主に願い出る。

「私、実は東京の大きな書店に四年ほど勤めていました。本の知識ならそれなりにありますし、接客の経験もありますから、お手伝いできることがあると思うんです」

店主は面倒くさそうに物憂げなため息をつき、本を棚に戻した。

「見てわかると思うが、趣味の寄せ集めをしたような古書店だ。田舎の商店街だから頻繁《ひんぱん》に客も来ない。もし雇うなら経験よりも力仕事に長けた者を選ぶ。か弱そうな女は要らない」

店主はたたみかけるように言うと、紗月に背を向けて次の書架に移ろうとする。

「大丈夫です！　こう見えて結構力があるんですよ。書店員歴四年の間に、たくさんの本を運んできましたし、扱いも慣れていますから」

紗月は彼の背中に声をかけ続ける。彼は振り返らずに返事をした。

「うちは大きな書店と違って、便利な運搬道具はない。あんたのような細い腕ではどうしたって不安だ。それから、希望どおりのバイト代を払うことはできそうにない。わかったら他を当たってくれ」

紗月はそれでも食い下がる。

「お給料のことは二の次でいいんです」

「なら、何のためにアルバイトをしたいんだ？」

「ここで働きたいと思ったからです。どうしたら採用してもらえますか？」

「何べんも言うが、採用する気はない」

冷たく言い放つ店主に我慢できなくなり、紗月は思わずむきになってしまった。

「店主さんに負けないぐらい本が好きだという自信はあります」

「それなら、経験を生かして、他の店で働けばいいだろう」

そう言い、店主は手を払う仕草をする。

「私、この村にしばらくお世話になる予定なんです。実家が神社の近くにあります。祖母が近くの病院に入院していて、お見舞いしながら働きたいと思っていて……何より、自分もリハビリしなくちゃって思っていて……」

なんとか引きとめる時間稼ぎをすべく、訥々《とつとつ》と説明していると、彼は煩わしそうにため息をつき、立ち止まった。

「リハビリ？　身体が悪いのなら、なおさら働くのは無理だろう」

「あ、誤解しないでください。リハビリというのは、私の心理的な問題で……」

店主は少しだけこちらを振り返り、じろりと睨みつけてきた。

「あんたの曖昧な動機だとか個人的な事情を押しつけられるのは迷惑だ」

「待ってください」

紗月は思わず店主の着物の袖を引っ張った。

「っ……何をするんだ。勝手に触るな」

店主がぎょっとした顔をする。とっさに腕を振り払った弾みで、紗月は後ろによろめく。そのまま背中が本棚に当たってしまいそうになる寸前で、二の腕をぐいっと引っ張られ、店主の胸に倒れ込んでしまった。

「った……」

鼻を軽く打ってしまったらしく、じんっとする。そっと顔をあげてみれば、ものすごく不機嫌な顔をした店主がいた。

「ひゃっ、ごめんなさい……」

図々しく抱きついていたことに気づいて、紗月は慌てて彼から離れる。

「いったい、何のつもりなんだ。邪魔《じゃま》をするつもりなら帰ってくれ」

どう説明したら伝わるのか考えあぐねながら、紗月は一番伝えたいことだけを訴える。

「私、どうしても本のある場所にいたいんです。もちろん、働くからには一生懸命に働きます。試用期間はボランティア扱いでいいですし、研修が終わってからも最低賃金でいいです。どうか、お願いします！」

紗月は頭を下げた。店主はため息をついた。

やっと伝わったのかも、と思い、弾かれたように姿勢を直したのだが……。

彼は黙り込んだまま、紗月の肩をくるりと捻った。

「今日はもう店じまいだ。帰ってくれ」

「あっ、ちょっと……店じまいって、あのっ……！」

店主に背をぐいぐいと押され、紗月の身体は前のめりになり、店の外に締め出される。

「あっ」

とりつく島もないまま、ぴしゃんっと音を立てて戸が閉められ、間髪入れずに鍵をかけられてしまった。極めつけにブラインドを下げられ、紗月はしゅんと肩を落とす。

迷惑がられているのだから諦めるしかないだろう。他を当たればいいと言われればたしかにそうかもしれない。この店で働きたいと思うのは、紗月の身勝手な未練でしかないのだ。

けれど、どうしても紗月はこの古書店が気になって仕方なかった。好奇心というべきか探求心というべきか。胸の奥がざわつく。

ひょっとしたらここで大事なものが見つかるのではないかという期待と、この機会を逃したらもう二度と出会えないかもしれないという焦りにも似た気持ちだ。

なぜ、そう感じるのか自分でもわからなくて、紗月は立ちすくんだまま戸惑《とまど》う。

「おや？　せっかく来たのに、締め出されてしまったのかい？」

誰かの声がうしろから聞こえ、紗月は弾かれたように振り返った。

白い羽織袴《はかま》を着た美丈夫《びじょうふ》がにこりと柔和《にゅうわ》な微笑みを向けている。

紗月は条件反射のように会釈をする。

（この人も……着物）

背中まで伸びた銀灰《ぎんかい》色の長髪がさらりと風になびき、田舎の風景に溶け込んでいる。

鴉翅堂書店の店主とは正反対の雰囲気ではあるが、彼らがまとう美しさには共通して心を奪われるものがある。

「すまないね。でも、あれはあれで。別に悪気があるわけではないんだ」

通りすがりの美丈夫は言って、申し訳なさそうに眉尻を下げた。その口ぶりに、紗月はハッとする。

「もしかして店主さんのお知り合いですか？　従業員の方でしょうか？」

「いや。彼とは昔からの友人でね、ちょっとした趣味の集まりの仲間なんだ」

通りすがりの美丈夫はそう言い、上品に微笑む。

「えっと、趣味の集まりというと、着物愛好会とか？　茶道のお茶会とか？」

他に、よく駅の近くに貼り出されているイベントの朗詠会、囲碁《いご》教室、そういったものを思い浮かべながら、問いかける。

「まあ、そのようなものかな」

曖昧に濁《にご》しつつ、彼は美しい笑みを絶やさない。

純日本人ではなくハーフとかクォーターとか外国の血が流れているのだろうか。或いは、コスプレイヤー？　と彼の特異な風貌《ふうぼう》を眺めつつ、紗月は東京の秋葉原でよく見かけた外国人のコスプレ姿を思い浮かべた。

だが、彼の髪は紛れもなく天然のものだろう。透けるように午後の光に煌めいている。人工的な化学染料を使ったカラーリングではこうはならないに違いない。

上品に着こなした柳絣《やながすり》模様の白い羽織袴についても、意図的に演じた美しさとは違うことがわかる。単に、日本の文化が好きな人なのかもしれない。あんまりじろじろ眺めるのも失礼なので、とりあえず紗月はそう結論づけることにした。

「君も懲りずにまたここへ来てみるといい。彼はただ人見知りで、自分の世界に入っていたい性格なんだ。誰にでもああいう態度なのさ。気にすることはないよ」

彼はそう言って、鴉翅堂書店の方へ視線をやった。紗月もつられて店の玄関を見た。求人のちらしが貼ってあったところには、テープの剥《は》がした痕《あと》がかすかに残っていた。

さっきまでのツンケンした態度を思い返すと、見込みは薄そうだが。

「押してダメなら引いてみればいい……なんて言うだろう？　働かせてほしいと言ってダメだと断られるなら、まずはお客として通ってみてはどうかな」

片目を瞑《つむ》って、茶目《ちゃめ》っ気たっぷりの顔で彼は言った。

「……たしかに。お客さんとして来るなら、邪険にはされませんよね」

「そう。ここで働きたいというなら、まずは彼ともっと知り合いになるといいよ」

その言葉に勇気づけられた紗月は、気分を入れ替え、通りすがりの美丈夫にお礼を言おうとしたのだが——、

（……え？）

振り向いたときには、彼は既に隣にいなかった。

紗月は驚いて、忽然といなくなってしまった彼の姿を探すべく、きょろきょろと左右を見渡した。

（……どこにもいない）

すぐに立ち去ったとしても、姿ぐらい見えてもよさそうなのに。商店街の左右を隈なく見渡しても、一向に姿が見つけられない。

というよりも消えた、という表現の方がしっくりくる。まるで、村の古い伝承などにある『神隠《かみかく》し』を目の前で見たかのようだ。

（それに、私……ここで働きたくて来たって、あの人に言ったっけ？）

ぞくっと身震いが走った。

「幽霊？　まさか、ね」

生まれてこのかた霊感があるわけでもなく、幽霊を見たという経験もない。中学生の頃だったか、二十歳までに何も見なければ一生見ることはないという根拠のない噂が流れたことがあったが、それが本当ならば気のせいだろう。

しばらく黄昏《たそが》れていた紗月だったが、突っ立っていても仕方ないので、とりあえず今日のところは素直に家に帰ることにした。

通りすがりの美丈夫が言ったように、まずは鴉翅堂書店の店主と顔見知りになるために、お客として通ってみよう。それが近道かもしれない。


翌日、引っ越しの片付けと祖母の見舞いを終えた紗月は、午後五時頃、美丈夫の助言どおりに客として鴉翅堂書店を訪れた。

「ごめんください」

紗月の姿を目にするなり店主はむっとした表情を浮かべ、ふいっと視線を逸《そ》らした。

「あ、無視しないでくださいよ」

そう言っても、返事すらしてくれない。

「じゃあ、いいです。勝手にお邪魔させてもらいます」

紗月は彼の表情を見なかったことにして、我が物顔でさっと店内に進んだ。

「おい」と声をかけられてもとりあわず、紗月は一冊の本を手に取った。

過去、数々の本を手に取ってきたけれど、見たことのないタイトルばかりだ。ペラペラと捲れば、古い書物の独特の匂いがする。新しい発見があればあるほど、ますますここで働きたいという好奇心が刺激される。

「雇うつもりはないと言ったはずだぞ」

一瞬、あなたのお知り合いの方が……と言いそうになったが、裏があると思われて機嫌を損なわれないように黙っておくことにした。

「今日はお客さんとして来たんですよ。まさかお客に帰れなんて言いませんよね？」

紗月が訴えかけると、店主はぐっと言葉を詰まらせた。

「おまえは……随分といい性格をしているようだな」

そう言い、苛々した様子で腕を組んだ。

最初からそういう設定で来たことが伝わったらしい。紗月はふふっと笑みをこぼした。作戦は成功だ。

「店主さん、お薦めの本はありますか？」

紗月が問いかけると、店主は黙り込んで、こちらをじっと見つめた。彼の黒目がちな瞳は何もかもを見透かしてしまいそうでどきりとする。別に後ろめたいことなどないはずなのに。

「あ、あの……」

耐えきれなくなって口を挟もうとすると、それを遮るように店主は首を振った。

「おまえの望んでいるものが視えない。だから、何も薦められない」

その声は、蝋燭を吹き消すときを待つかのような小さな声だった。

紗月は首を傾げた。

彼は何を言っているのだろう。お薦めの本を聞いただけなのに。

「俺のポリシーだ。客に適当なものを薦められない。俺は願望を持たない者には処方《しょほう》しない」

「処方って……」

薬を処方するならともかく、本を処方するという。処方するイコール薦めるということを言いたいのだろうか。それはまだ理解できるが、『何も視えない』という、占い師のような発言が引っかかった。

「ここにある本は、本を望んでいる持ち主を選ぶ。偶然ではなく必然だ。おまえもそのうち見つけるだろう」

人が本を選ぶのではなく、本が人を選ぶ……面白い発想だ。たしかにそういう部分もあるかもしれない。

たとえば、「すかっとする青春ものが読みたい」とか「泣けるラブストーリーが読みたい」とか、人の気分に合わせて本は手に取られるかもしれない。

実際は本が人呼び込んでいるというふうにも解釈《かいしゃく》できる。人は自分が欲しているものを無意識に選別しているかもしれない。

それが、店主の言う『本が持ち主を選ぶ』という喩《たと》えなのだろう。でも何か、彼の不思議な雰囲気が、それとは別のことを指しているような気がしないでもない。

「そうだとしたら、じゃあ私は鴉翅堂書店に必然的に呼ばれてきたんだっていうことになりませんか？」

店主が、『必然』という言葉に、一瞬ぴくりと反応を示した。

紗月は店内をぐるっと見回しつつ、さらに付け加えた。

「私、なぜか、ここで働きたくて仕方ないんです。店主さんのお言葉を借りるなら、これって、選ばれたことになりませんか？」

さりげないアピールをしてみると、店主はじっと紗月を見たあと、ばかばかしいとでも言いたげに鼻を鳴らした。

「受け売りだろう。都合のいい解釈はするな」

物は考えようだと見本を示したのは彼なのに。なんてつれない人なのだろう。

紗月は肩を竦《すく》めつつ、適当に近くの本棚から一冊の本を手に取ろうとした。菫《すみれ》色の装丁が綺麗な本だった。どうやら和歌集らしい。タイトルを確認しようとしたそのとき、後ろでドアがガラリと音を立て、一人のお年寄りの女性が入ってきた。

年は七十代ぐらいだろうか。少し背が曲がっていて、もたつく足を支えるように右手で杖をついていた。老婦は背筋をよいしょと伸ばすと、店内を見渡した。本がぎっしりと詰められている書架に圧倒されたらしく、途方に暮れたようにあちこちへ視線を彷徨《さまよ》わせた。

「うーん、困ったねえ。いったいどこを見たらいいかねぇ？」

「もしよかったら、お手伝いしますよ」

紗月は手に持っていた本を本棚に戻し、ほとんど無意識のうちに老婦に声をかけていた。

「おや、ありがたいねえ」

老婦は喜んで、頬を緩ませる。

と、そのとき、背後から冷気のようなものが感じられ、ぞくっとした。店主が不満そうにこちらを見ていたのだ。

（しまった……）

ついつい身に沁みついた書店員の頃のクセで、店主をさしおいて出しゃばったことをしてしまったかもしれない。

けれど、当の店主ときたら、老婦が困っているのに声をかけないし、さっきみたいな調子ですげなく対応でもされたら、この人が可哀想だ。話を聞くぐらいなら咎められることもないだろう。

「どんな本をお探しですか？」

紗月は店主の様子を見なかったことにして、老婦に尋ねた。

「実は、東京から孫娘が里帰り出産で戻ってきてね。お産がはじまりそうだからって入院したんだけれども長引いているようなんだわ。それで、ひ孫がうちに泊まっているんだよ。お兄ちゃんになるんだから妹が生まれるまでがんばろうねえって励ましてもダメでね。本でも読んであげようと思ったんだけど……ここには戦隊ものの本なんかないだろう？　困ってしまったねえ」

老婦は重たいため息をつく。本当に困りきっているようだ。

「ご事情はわかりました。でも、きっと新しい本でなくても大丈夫ですよ。ひ孫さんが読んだことのないものを見つけてあげてはどうでしょう？　ひ孫さんはおいくつですか？」

「四歳になったばかりだよ。口が達者《たっしゃ》でわがままでねえ。うちにも本はあったんだけど、二歳児用のものだったから、僕は赤ちゃんじゃないって言い出して、気に入らないようなんだよ。夜もなかなか寝てくれなくて本がないとやだってぐずってねえ」

「そうでしたか。じゃあ……あの本はどうかなぁ」

紗月は本の場所を把握しているわけではないが、ふと目についた『よるくま』という絵本を引き抜いた。瑠璃《るり》色の表紙の真ん中に、パジャマを着た男の子の手を引いた真っ黒な子ぐまが描かれている。

この本は、紗月も小さな頃に読んだことがある。懐かしくて頬が緩んだ。

『ママ、あのね……』と、眠りにつく前に、男の子がママに話をするところから物語ははじまる。昨日の夜、『よるくま』という名前の真っ黒なくまの子がやってきて、男の子はよるくまのお母さんを一緒に探すことになった。だけど、どこを探してもよるくまのお母さんが見つからなくて、とうとうよるくまが泣き出し、真っ黒な涙で辺りが真っ暗になってしまった。

『たすけて、ながれぼし！』と男の子が叫び、瞬く間に現れた流れ星を掴むと、その先にはよるくまのお母さんが！　なんと真っ暗になった夜空に釣り竿をたらして助けてくれたのだ。お母さんにやっと会えたよるくまは心からホッとして笑顔になった。そして、お母さんと一緒にいられる幸せを感じながら、よるくまと男の子は楽しい明日を夢見て、眠りにつく――という物語だ。

紗月はこの絵本を読んだとき、一緒になってホッと安堵《あんど》したのを覚えている。

きっと四歳の男の子なら、まだまだお母さんに甘えたい時期に違いない。わがままになるのは寂しさの現れかもしれないし、寝られないというのも温もりを恋しがっているからだろう。賑やかな戦隊ものが好きな年頃というのはもちろんわかるが、こういうときだからこそ絵本を読んできかせてほしい。

「きっとこれを読みきかせてあげたら、ひ孫さんは夢の中で楽しい冒険をして、朝になったらあったかい気持ちで目が覚めますよ」

絵本は、ページを捲るたびに大切に扱わなくては破けてしまいそうだけれど、きちんと丁寧に補修されている。最後のページを開くと、母親のそばで安心して眠る男の子の絵が描かれていた。

「大丈夫。おかあさんにはもうすぐ会えますよ。そう言って励ましてあげてください」

老婦の目がやさしく細められるのを見て、紗月もつられて頬が緩んだ。

「そうだね、この絵本を一冊買っていこうかね」

そのひと声に、紗月はぱあっと笑顔を咲かせた。

「ありがとうございます！」

「いいや、お礼を言うのはこちらだよ。落ち着かない気持ちだったけど、おかげでホッとしたわ。お嬢さん、ありがとうね」

老婦はよりいっそうやさしげに微笑む。ほんとうにひ孫が可愛いのだろう。

「ここには絵本がたくさんおいてあるので、今度、またひ孫さんと一緒に来てくださいね」

「ええ、ええ」と老婦はにこやかに頷く。

すっかり満足しきっていたら、背中に冷ややかな視線を感じ、紗月はハッと我に返った。店主がこちらをじっと見ていたのだ。もの言いたげな視線が突き刺さり、紗月は肩を竦めた。さすがに出過ぎたことをしてしまったかもしれない。

「あ、では、お代はこちらでお願いします」

紗月はさりげなく店主のいるカウンターに案内した。

「はいはい」

店主は老婦から代金を預かったあと、手提げ袋に絵本を入れて渡す。老婦は杖をついて店の出口へと向かう。紗月は店主の手前、今度は控え目に見送ることにした。

「ほんとに助かったよ、ありがとう」

老婦が少し背筋を伸ばし、丁寧に会釈をする。

「いいえ。喜んでもらえるといいですね。お気をつけて！」

紗月も会釈をし、老婦の姿が見えなくなるまで手を振った。

それから紗月はおそるおそる店主を見た。彼は腕を組んで仁王立ちをしている。その迫力のある様に気圧されて、紗月は狼狽《うろた》えた。

「えっと……店の従業員でもないのに、勝手なことをしてすみませんでした」

しゅんと肩を竦めると、

「まったくだな」と店主はため息をつく。

追い払われるかもしれない。不採用は確実だ。それどころか出入り禁止にされるかも……と構えた紗月だったが、

「だが……婆さんの願いを叶えたのは、おまえなのだな」

ぽつり、と店主は気が抜けたように呟き、一冊抜けた書架の空き棚に視線をやった。

紗月が目で追っていると、彼は何冊か絵本を適当に引き抜いて、面陳《めんちん》しはじめた。

『あらしのよるに』や『ぐりとぐら』のシリーズや『１００万回生きたねこ』、『ない

た　あかおに』といった名作を次々に並べ、最後に『どんなにきみがすきだかあててごらん』という絵本を真ん中に置いた。どれもが古くて傷んでいるけれど、ちゃんと綺麗に補修されてあり、たくさん読まれてきたことが伝わってくる。

紗月は弾かれたように、店主に問いかけた。

「もしかして、おばあさんが今度また来たときに探しやすいように？」

飛びつく勢いだった紗月を尻目に、店主は若干きまりわるそうにしながら、黙々と整理する。

「……何げなく来店した客は、本に選ばれるようにして目の前の一冊を自然と手に取るものだ。それすらもわからない、目的が見つけられない客には提案をしてやる。それが店の人間の仕事と言ってもいいだろう」

「今風に言うと、本のコンシェルジュですね！　それなら、私にもお手伝いできることが、きっとありますよ……！」

紗月はそう言い、『わすれられない　おくりもの』という絵本を思わず手に取った。

「これもお薦めですよ！」と張り切って店主を手伝おうとしたら、手が触れ合ってしまった。指先が触れた瞬間、静電気のようなものが走って手を引っ込める。

至近距離で店主と視線が合い、どきんと鼓動が跳ねた。それから紗月は冷静に状況を整理した。

（私、やっちゃった……？）

先走りすぎだ。これではまた彼に逃げられてしまうだろう。今日はそのつもりではなかったのに。ついつい嬉しくて張り切ってしまった。背中にいやな汗が流れていく。

「あんた、客として来たと言ったな？」

ぎろりと鋭い視線に射貫かれ、紗月はびくっと肩を引き攣《つ》らせた。

「は、はい」

本を取り上げられ、紗月は後ずさりした。平台のない書棚に背中がぶつかり、逃げ場を失う。

「ひゃっ……」

店主の手が、紗月の耳のすぐそばにどんと置かれ、すっぽりと覆われるような姿勢になる。店主の陰になった紗月はおそるおそる端整な顔をした彼を見つめた。

こんな至近距離で見つめられたら条件反射でどきどきしてしまう。しかし顔を赤くする紗月とは対照的に、彼の表情は冷ややかで、みるみるうちに悪魔のように歪んだ。

「残念だが、おまえに他意がないようには思えない。俺を騙せると思うなよ」

紗月は慌てて否定する。心臓は今にも飛び出しそうなほどバクバク音を立てている。

「そんな、騙すつもりなんてありませんよ！」

店主は白けた表情を浮かべ、さらに追及してくる。

「じゃあ何か？　採用されない腹いせに営業妨害でもしたいのか？」

「なっ、ひどい。違いますよ！　もしも店主さんがおっしゃるような目的が私にあったら、さっきのようにおばあさんにおススメしたりしないでしょう？　私は、ただ、どんな本がおいてあるのか気になって、お店の雰囲気が知りたかったんです。それに、私、諦めたわけじゃないですから。雇ってもらえるまで通うつもりで……あっ！」

じっと見つめる黒い瞳に、仄かな光が射し込む。

「なるほど。いい根性だな」

ふんと鼻であしらわれ、紗月はしまった、と思った。

もうちょっと駆《か》け引きというものをすればよいものを。

「それを返して、帰ってくれ」

とどめの一言に、紗月は受け取った絵本で顔を隠し、がっくりと項垂《うなだ》れた。

（私の、バカ、バカ、バカ……！）

バカ正直すぎるし、その言葉どおりに正直者はバカを見る。これでは振り出しというより完璧に嫌われたに違いない。

店主はしばし無言のあと呆れた表情を浮かべ、盛大にため息をついた。

「今日は帰って、明日からにしてくれ」

「え？」

紗月は目を丸くする。店主はこちらを見ることなく忠告した。

「何度も通われて付きまとわれるよりマシだって言ってるんだ」

「それって、採用していただけるっていうことですか？」

「……言っておくが、使い物にならなければ、すぐに辞めてもらう」

「あ、ありがとうございます！　そうならないよう、しっかり頑張ります」

「店では静かにしてくれ。騒がしいのは困るんだ」

「すみません。嬉しくって」

逸《はや》る気持ちを抑えるように、すっと深呼吸してから、紗月は問いかけた。

「あの、店主さんのお名前をお伺いしていいでしょうか？」

「……影野《かげの》だ」

「では、改めまして、影野さん、明日、何時にこちらに来ればよいでしょうか？」

「適当にしてくれ」

そっけなく言われ、紗月は肩透《かたす》かしに遭う。本当に適当すぎる。

「……えっと、開店時間は何時ですか？」

「店は、正午から夜まで適当に開けている。おまえは見舞いがあるのだろう？　昼過ぎに用事が済んだらここへ来るようにしたらどうだ」

質問攻めに辟易《へきえき》したと言わんばかりに、影野は紗月に提案した。

「わかりました。それでは、また改めて明日からよろしくお願いします」

紗月が勢いあまって頭を下げると、影野はやれやれと肩の荷を下ろすかのような顔をした。彼の横顔を見れば、一瞬、口角《こうかく》が微妙に上がっている気がしたが、紗月の思い違いだろうか。でも、もしかしたらちょっとくらいは紗月に期待をしてくれているのかもしれない。そう思ったら嬉しくてたちまち胸が熱くなってくる。

紗月はお礼を言って、早々に店を出た。やっぱりやめる、と言われないうちに退散しておこうと思ったのだ。

四月とはいえ山間《さんかん》部はまだまだ花冷《はなび》えするというのに襟の開いた和服を着ていたり、頑固《がんこ》でとっつきにくそうだったり、ちょっと変わり者のような店主だけれど、こちらの状況を気遣ってくれるような一面もある。

あの通りすがりの美丈夫が言っていたように、きっと彼はぶっきらぼうなだけで、根は悪い人ではないのだろう。

紗月は鴉翅堂書店の本に囲まれる日々をわくわくと想像した。

印刷されたばかりの新刊の本の匂いやピンと張った紙の感触も好きだったが、古書の独特の匂いや色褪せた懐かしい雰囲気も好きだ。懐かしく胸をあたたかくしてくれる。そして少しだけ切ない。そんなふうに郷愁《きょうしゅう》を覚えることが、心地よいと感じる。

初日に顔を出したとき、店主は趣味を寄せ集めたような、と言っていた。だとしたら、彼はどんな本を好んでいるのだろう。興味深いが、きっと簡単には教えてくれなさそうだ。

アルバイトの件も、半ば強引にこぎつけた感じではあるが、とにかく雇ってもらえそうでよかった。まずは少しずつお近づきになれたらいい。

紗月はさっそく明日から出勤するのが楽しみになった。

空を見上げれば、茜色と藍色が半分に溶けたグラデーションが広がっていて、西の透馬山の真上に、ふっくらとした満月が煌々《こうこう》とやわらかな光を放っていた。

紅潮する頬をやさしく風が撫でていき、紗月の肩まで伸びた髪をさらってゆく。甘い、春の匂いがする。

（あの人にも、今度会うことがあったらお礼を言わなくちゃ）

どこからか流されてきた桜の花びらがはらはらと風に舞った。

まるで、紗月に祝杯《しゅくはい》をあげるかのように。


翌日、午後一時ちょっと前に『鴉翅堂書店』を訪ねると、店主の影野は相変わらずの着物姿でカウンターに座っていた。

着物が趣味なのかな？　それとも作務衣《さむえ》代わり？　私も着ろって言われたらどうしよう。着付けの仕方がわからないけど、大丈夫かな？

紗月はそんなことを考えながら戸をガラガラと開いた。

「こんにちは。今日からお世話になります」

張り切って声をかけたつもりが、影野は読書に没頭していて聞こえていないようだ。

彼は相当な本の虫なのだろう。赤茶色の背表紙の古書を幾つも積んで、その中の一冊を読んでいたようだ。

「影野さん、お疲れ様です」

すぐ目の前に近づいて声をかけると、影野は顔をあげたかと思いきや、紗月を通して、まるで遠くの幻でも見ているかのように目を細めた。

「影野さん？」

紗月が小首をかしげると、影野はハッと我に返ったらしく、本をパタンと閉じた。

「なんだ、本当に来たんだな」

「来ましたよ。約束ですもん」

ちょっぴり紗月はムッとした。

心から歓迎されたわけではないことはわかっている。けれど、経緯がどうであれ、店主の彼が許可をしたことに間違いはないのだから、今日から紗月は晴れて鴉翅堂書店の一員だ。

「これからどうぞよろしくお願いします」

開き直って挨拶をすると、ほら、と朱色のエプロンを手渡された。思いがけないギフトに紗月は驚いて頬を紅潮させた。

「わあ！　素敵……これを私に？」

「他に誰がいる」

ぶっきらぼうに影野は言った。

地味な色合いを好んでいる彼の趣味にしては随分と可愛らしい。胸元に着物の紋《もん》のような桜の花模様が刺繍《ししゅう》されてあり、若い女性が好むデザインだ。

するりと指でなぞると新しい染料《せんりょう》の匂いが立つ。昨日の今日だというのにもかかわらず、影野はわざわざ紗月のために用意してくれたのだ。まさかここまでしてもらえるとは思わず、胸にじわりと熱いものがこみ上げてくる。

「今日からさっそく制服を用意してもらえるなんて嬉しいです。大事に使わせていただきますね！」

紗月は頬を緩ませ、エプロンを胸に引き寄せてぎゅっと抱きしめた。

すると、影野はそっけなく言った。

「それは商店街の景品でもらったものだ。誰がおまえのためにわざわざ用意をしたと言った」

影野がつれないことを言うので、紗月はがっくりと肩を落とす。

「ですよね……」

思わず乾いた笑みがこぼれるが、それでも、紗月が来るのを待っていてくれたことに違いはないのだから、嬉しいものは嬉しいのだ。

頬を緩ませていると、影野がきまりわるそうに髪をかきあげ、やや呆れた顔で紗月を急かした。

「いつまでそうしているんだ。それを着たら、本の場所を覚えながら掃除をしてくれ」

そう言って、影野はそっけなく背中を見せる。紗月は言われるがままエプロンに袖を通した。

「わかりました。任せてください！」

影野から頼まれたとおりに、紗月はさっそく書架の手前の方から整理をはじめた。

そういえば、書店員になりたてのときも、こんなふうに本の在り処を覚えていたものだった。

（影野さんに早く働きを認めてもらえるようにがんばらないとね）

実を言うと、紗月には特技がある。それは、本の場所をあっという間に覚えられること。一度タイトルと表紙の絵や柄を見れば、たいていのものを把握できるほど記憶力がよかったのだ。

十歳までの記憶がないなんて嘘のようだ、と自分で思う。それとも、記憶が欠けた分を補おうという人間の身体に備わる治癒能力なのだろうか。

ひととおり店内を巡ったあと、カウンターの奥に山積みになった本が紗月の目に留まった。行き場のなくなったものなのか、補修する予定のものなのか。いずれにしても段ボールに入ったまま放置されている本を見ると、職業柄どうにかしたくてうずうずしてくる。

「影野さん、その本は出さないんですか？」

拘《こだわ》りがありそうに見えて、実は無頓着《むとんちゃく》だったりして……などと思いながら、段ボールからはみ出た本を手に取ろうとすると、いい、と牽制《けんせい》される。

「こいつらはワケアリだからこのままでいい。時期が来れば出すつもりだ」

影野が意味深なことを言うので、紗月は首を傾げた。

「ワケアリ？」

それに、時期とはいつなのだろう。

「ここはいいから店の方に行ってくれ」

「わかりました」

そっけなく追い払われてしまった。触れられたくないようだ。彼は何かと秘密主義らしい。紗月は後ろ髪を引かれる思いであったが自分の持ち場に戻り、店内の書棚を丁寧に清掃しながら見て回ることにした。

本に触れると、様々な感情がこみ上げてくる。紗月自身がやや感傷的であるからというのはもちろんだが、古書というのは人々に触れられてきた記憶があるようにも思う。不要だからという理由だけではなく、なんらかの出会いや別れがあったに違いない。そんなふうに感じられる。

「そういえば、おまえはリハビリがどうとか言っていたよな」

「大丈夫です。このとおり、元気はありあまっていますから」

影野に声をかけられ、紗月はアピールするのだが、

「ここに入ってきたとき、そんなふうには見えなかったぞ」

その言葉にどきりとする。彼の漆黒の瞳は、やはり何もかもを見透かしてしまいそうだ。

「それは……一言では語りつくせない色々なことがありましたよ。二十五歳ですもん、それなりに」

　思い出すと辛くなるから、心の中で痛くない、痛くない、と呪文をかける。そして、すうっと深呼吸して、東京であったことは考えないようにする。自分を変えたい。傷ついた恋を知らなかった頃の、心からの笑顔を取り戻したい。新しく一歩を踏み出したい。そんなふうに思う。

「四年付き合っていた彼氏に振られたんです。同じ書店員の先輩だったんですけど、後輩の子と浮気していて赤ちゃんができて、私は彼の結婚しようっていう言葉を信じすぎていました。あまりにも恋に盲目的で、恋に恋してたというか……元彼のことはおろか自分自身のことがわかっていなかったんです」

　沈黙が流れたあと、影野はおだやかに言った。

「それで書店員を辞めて故郷に帰ってきた、か？」

　鋭い指摘に、紗月は苦笑いをする。

「本が必要な人間の手にわたるように、おまえにとって必要な人間はいつか、目の前に現れるよ」

　影野がそう言って、紗月をじっと見つめた。彼の澄んだ瞳を見れば、からかっているわけではないということがわかる。初めて会ったときから散々な態度をとられていたから、そんな彼の励ましの言葉に驚く。そして、胸に心地のよい温かさが広がっていくのを感じた。

しこりのように残っていた痛みが、その一言で霧散していく。しかし真面目な顔をして乙女チックなことを言う影野がなんだかおかしく思えてきて、紗月は声を立てて笑った。

「いつか王子様が……っていう発想ですか？　私、もう夢を見るような小さな女の子じゃないいんだけどなぁ。でも、もうちょっと気長に待っていていいのかな」

冗談交じりに言うものの、影野の表情は少しも変わらない。バカにすることも茶化すこともしなかった。

「おまえにはやることがあるだろう。縁のなかった男にいつまでも振り回されるのはバカバカしい。一度きりの、自分の人生なんだからな」

一度きりの、自分の人生。

その言葉を大切に受けとめ、紗月は心の中で何度も反芻する。

「そうですよね。それなら、なおさら頑張らなくちゃ」

紗月は張り切って、次から次へと書架を移り、本を丁寧に整理した。すると作者別に並べられるはずがずれている場所を発見した。

側にあった脚立に乗り、まとめてごっそりと引き抜こうとしたのだが、これが思いのほか重みがあり、失敗したなと思う。二の腕がぷるぷると震えるし、いったん戻そうにも力が入りきらない。そうこうしているうちに、ぐらりと身体が揺れ、バランスを崩してしまった。

（わ、落ちる！）

ひやり、としたその瞬間、慌てて本を抱きしめたまではよかったが、自分の身体が支えきれなかった。床に打ち付けられる覚悟を決めてぎゅっと目を瞑った。

「……バカ、危ない！」

本がバタバタと棚から落ちてきたのは、影野の声が聞こえたすぐあとだった。

重たい本が、紗月の後頭部、肩、手の甲を次々に叩きつけたあと、どんっと身体に衝撃が走った。しかし、どこも痛くはなかった。おそるおそる目を開けると、足元に幾つもの本がばらまかれてある。紗月の身体はというと、影野の腕の中に受けとめられていたのだった。

彼の顔が驚くほど近くにあり、紗月は顔をかあっと赤くした。

前髪が触れ合っていて、ちょっと動いたら唇《くちびる》が接触《せっしょく》してしまいそうだ。

「ご、ごめんなさい」

まさか影野が受けとめてくれるとは思わず、紗月は激しく動揺する。

「ったく、おまえは……」

影野は思いっきり怖い表情を浮かべている。ああ、これはまずい、と紗月は思った。

さっそくやらかして怒らせてしまったかもしれない。

「す、すみません。影野さん、どこか怪我は？」

「俺はこのぐらい平気だ。人のことより自分のことをどうにかしろ。ったく。さっきから危なっかしいと思って見てれば……張り切るのはいいが、ほどほどにしろよ。バカ」

叱られているというのに、余計なことまで考えてしまっている。どうしたらいいだろう。困ったことに顔が見られない。紗月は赤らんだ顔を見られないように俯く。

「ほんとにすみませんでした。それに、支えてくださり、ありがとうございました」

「ほら、手、放すぞ」

呆れたようなため息が頭上から落ちてくる。

「は、はい」

心臓が久しぶりに激しい鼓動を打っている。怖い思いをしたというのとは違う、異性に対するときめきの方の胸の高鳴《たかな》りだ。

（びっくり……した。あんなに私のことといやがってたのに、助けてくれた……んだ）

見た目は、線が細そうな影野だが、紗月を抱きとめてくれた身体は意外にしっかりとした筋肉や骨のつくりをしていた。初日に会ったときには中性的だとか無性的だとか感じたが、違う。彼はちゃんとした男性だ。

喉仏《のどぼとけ》が隆起《りゅうき》しているとか、低い声だとか、紗月の中にインプットされ、急に生々しく感じて、意識してしまう。早く離れなくてはと思うのに、力が入らない。

「本は大切に扱え。使い物にならなかったらすぐに追い出すと言ったろ」

「はい……今後は気をつけます」

影野の顔が見られないまま、紗月はとにかく謝り、落とした本をさっさと拾い集めることにする。

「仕方ないな」と言いつつ、影野も一緒に本を拾い集めてくれた。さっき身体を受けとめてくれたことといい、なんだか彼が意外にもやさしいから調子が狂ってしまう。時々指先が触れて、さっきのことを思い出し、頬がじんわりと熱くなった。

「ほら、これも揃えてまとめておけ」

影野はそう言って、紗月の目の前に次々に本を揃え、一人で持てる高さまで積みあげた。紗月は彼の横顔を眺めてしまっていた。

影野は年齢不詳だ。そういえば苗字以外に自己紹介もされていない。見た目からすると、多分だけれど、紗月より二つか三つ上ぐらいだろう。彼はいったいどんな人と付き合うのだろう。無愛想で仏頂面ばかりだし、口調は常に刺々《とげとげ》しい。彼が誰かと恋をしている姿などまったく想像がつかない。でも、そこはかとなく漂う色っぽい男の雰囲気にはドキドキさせられるものがあるし、まったく恋をしたことがないとも言えなさそうだ。

(やっぱり着物好きなだけに、相手は和服美人かな?)

「おい、聞いているのか?」

影野の端整な顔が驚くほど近くにあって、紗月は思わず飛びのいた。

「わっ！　な、何でもないです。えっと、え〜っと、この本ですよね」

思いっきり白い目が向けられている。背中にだくだくと汗が流れはじめた。

「ったく。自信満々にアルバイトにやってきて、これか」

思いっきり呆れた顔をされて、「うっ……」と言葉に詰まった。まったくそのとおりだから言い返せない。心機一転頑張ろうと思っているのに、張り切った挙句《あげく》にさっそく失敗して、そのうえ思いがけず影野を意識してしまっているなんて、あまりにも恥ずかしすぎる。気分を入れ替えなくては。紗月はぶんっと軽く頭を振った。

「猪突猛進《ちょとつもうしん》なのとドジなのは直せ。もう、今日みたいなことがあっても俺は助けないからな」

加えていやみたっぷりの一瞥をもらい、紗月は顔を赤らめて肩を竦める。

「はい……わかってますよ」

紗月はそう言うと、よし、と腕まくりをする。図らずも、影野のおかげで欝々《うつうつ》としていた気持ちがすうっと晴れていくのを感じた。

これから……ゆっくりと時間をかけて棘《とげ》を抜いていこう。私の人生は誰のものでもなく、自分自身のものだ。人には縁《えん》というものがあると思う。きっと元彼と私は縁がなかった、ただそれだけのこと。

影野がキレイに本を並べはじめたのを見て、自分も見習わなくちゃ、と活を入れる。

そのとき、がらりと小気味のいい音と共に、戸が開けられた。

「いらっしゃいませ」

紗月は、腹の底からの清々《すがすが》しい声を出した。

さあ、リセットしよう。

ここ鴉翅堂書店で、私の人生を新しく再生させるのだ。

第二話　本荒らしの怪

「影野さん、髪におかしなものがついていますよ……」

紗月は、カウンターで夢中になって本を捲っている影野に、思わずといったふうに声をかけた。

「ん？」と影野が夢から覚めたように、こちらを向く。読書の邪魔をされてやや面白くないといった顔だ。紗月だってそっとしておきたかった。でも、さすがに頭に『栞《しおり》』をぶら下げたままの店主を放置しておくのはどうかと思う。

多分、本を捲りながら、きりのいいところで栞を挟んで終わらせようとしたのだろう。だが、夢中になるうちに栞を右手に持ったまま頬杖をついて読んでいた。そのときに栞の穴に通された硬めの針金が、髪の毛に引っかかってぶら下がってしまったのだろう。

さっきから、あれは何だろう？　とずっと気になってはいたものの、邪魔をしてはいけないと自重していた。だが、とうとう我慢できなくなり、書架をぐるっと回って戻ってきたのだ。

堪えきれなくなり、ぷっと紗月は噴き出す。すると、影野はますます不機嫌を露わにし、むっとした。

「なんだ、急に笑い出して」

どうやら声をかけた内容は影野の耳に届いていなかったようだ。

「ですから、髪に、ほら……栞がぶら下がっているんです」

紗月は一瞬そのまま取ってあげようと思ったが、彼に理解してもらうために手鏡を彼の方に向けてやった。それでようやく彼は気づいたらしい。一瞬、あっという顔をするが、さっと栞を引き剥がした。

「別に、こんなの、どうってことないだろう」

「どうってことありますよ。店主が変な人だと思われたら、お客さんが来なくなっちゃいます」

「変なやつに変だとは言われたくない」

いつものとおり、ぶっきらぼうだが、やたらむきになるあたり、ちょっとは恥ずかしかったに違いない。紗月は「はいはい」と受け流しながら退散《たいさん》する。だが、やっぱりおかしくてこっそり肩を揺らして笑うと、影野はそんな紗月を見て、むすっとしていた。

透馬村ご自慢の黄桜《きざくら》の見頃も過ぎ、この頃、新緑の木々が爽やかな風に吹かれるようになった。紗月が鴉翅堂書店で働きはじめてからまもなく一ヶ月が経過しようとしている。営業時間は午前九時から午後八時まで。その間の、午後一時から七時までのアルバイト。紗月が提案したように、経験者とはいえまだ研修期間中である。影野は週に一回、本を仕入れるために外出する。具体的にどこへ行くのかは教えてもらえていない。彼は完全なる秘密主義だ。紗月は相変わらず彼の苗字と店主であることしか知らない。なんとなく距離が近づいたと思ったのに相変わらずそっけない。

店には、一、二時間に数名、ぽつぽつと客がやってくるが、適当に選んで買っていくので、今のところ本のコンシェルジュ的な出番はなく、影野が誰かに薦めているところを見かけることもなかった。聞かれることといえばジャンルの売り場ぐらいだ。

紗月の仕事はもっぱら整理整頓と掃除に尽きる。おかげですっかり本棚の位置を把握した。

たまに中学生がやってきてミステリー小説をごっそり買っていったり、ご婦人が古いロマンス小説を求めてやってきたりする。

古書店だから、紗月が以前に勤めていた都会の大型書店のように、すぐに新刊が補充されるわけではないので、空いた部分はすぐに整理するようにしている。だから、乱れや抜けがあればすぐに気づき、その都度整理をしながら、客が手に取りやすいように工夫を凝らした。本の傷みが気になるものがあれば影野に報告して、修復の手伝いをしたりもした。

書店員だったときは一日のうち少なくとも一回や二回は繁忙の時間帯があったものだが、ここはいつも同じ時間が流れているようだ。

（まあ、田舎の古書店だから、仕方ないよね……）

古書店独特の匂いをかぎつつ、紗月は一人癒しを感じる。

暇は暇だけれど、退屈は感じない。カウンターにいる影野の寛《くつろ》いだ姿を何気なく眺めてみる。彼はたいてい栞が頭にぶら下がっているのすら気づかないくらい本の虫になっていて何時間も読みふけっている。そんなふうに悠々自適《ゆうゆうじてき》な彼を見ると心がほっこり落ち着くのだ。

「お客さん、来ませんね」

「……こんなもんだ。いやなら辞めてもいいんだぞ」

影野は本から目を離さずに返事をしてから、ちらりといじわるな視線を向けてくる。

「誰もそんなことは言ってませんよ」

紗月はむっとする。もしかしてさっきの報復のつもりだろうか。

しかし冗談じゃなく、彼はこんな調子で生活していけているのだろうか。

雇ってもらいながら失礼かもしれないが、骨董品級のものでも売れない限り、古書店の経営だけでは生活費を賄うのは無理ではないかと思う。

ついこの間も雇用契約書のようなものを形式上必要だからといって書かされたけれど、文言も今どきパソコンじゃなく手書き、しかも行書体だ。なんだかこころもとない。

紗月にとって、リハビリという名のアルバイトの身である今は、金が第一の目的ではないからそれは別に構わない。ただ純粋に、影野の私生活があまりにも謎に包まれていて、気になって仕方がなかったのだ。

ある日なぜ着物を着ているのか尋ねたら、「おまえには関係ない」と突っぱねられてしまった。通りすがりの銀髪の美丈夫を思い浮かべつつ、二人はいったいどんな仲間なのだろうか、とますます気になってくる。

けれど、それ以上のことを詮索しようとすると、いやな顔をされてしまった。せっかく雇ってもらったのに、主の機嫌を損なって追い出されたら困るので、以来、自重している。

そんなある日のこと――

世間はゴールデンウィークという大型連休を迎え、里帰りをした人々がいるからか、店内はいつになく繁盛していた。

きっと、電車や新幹線などで読む本を調達したいのだろう。紗月はいつものように本棚の乱れがあれば、客が手に取りやすいように本を並べ直していたのだが……。

「おかしい」

紗月は思わず呟いた。

今、紗月がいる場所は、女性向けのロマンス小説や昔のレディースコミックなどが置いてあるコーナーである。

何がおかしいかというと、一昨日も昨日も今日も、何度もこの本棚を整理しているはずなのに、頻繁に本の位置が変わっているのだ。

別に、本の一冊や二冊どこかに移動することはさして珍しいことではない。欲しいと思って選んだ本への興味が途中で失せるか、或いは興味が他にうつって、元の場所に戻さずにその場に置かれることもよくある。

紗月が異変を感じたのは、同じ作家の本のシリーズがわざわざ他の棚に移動している状況だったから。それも、ごっそりではなく一冊ずつぽつぽつと段階を踏んでずれている。まるで何かある場所を目的に動いているようだ。たとえば、故意に人がちょっとずつ移動しながら読んでいるような気配を感じるのだ。

けれど、立ち読みをするとしたら、だいたい売り場のところで読むだろう。いちいち別の棚に移動して立ち読みをし、続きを別のところで立ち読みするなどといった面倒なことはしないはず。それも一冊ずつだんだんと遠のいたところで。

（うーん、考えすぎかな？）

紗月は腑に落ちない気分であったが、とりあえず本のシリーズを一括して引き抜き、元の場所に丁寧に戻した。

ところが、来る日も来る日もまた同じ現象が現れ、紗月は途方に暮れた。そして最終的にやっぱりおかしいと確信した。

なぜなら、店内になかったはずの本が疑惑の本棚の場所に差し込まれていたからだ。背表紙が日焼けなどで色褪せている本が多い中、一冊の本が純白のウエディングドレス或いはダイヤモンドのように際立って輝いている。

『キミとプラネタリウム』の第七巻。新進気鋭《しんしんきえい》の少女漫画家、駒川伊織《こまがわいおり》が描く青春恋愛ものの少女漫画だった。

今どきの高校生の男女がくっつきそうでくっつかない距離にいて、背中合わせにしている可愛らしい表紙だ。それを見て、紗月はすぐにピンときた。

東京の大型書店に勤めていたとき、担当外ではあったが予約リストでこの少女漫画のタイトルを見たことがあった。雑誌で現在も連載中で、一月には六巻が発売された。七巻ということは、紗月が辞めるちょっと前、三月の上旬に見た予約リストの新刊だ。間違いない。

（どうして、ここにあるんだろう？）

紗月はうーんと唸りつつ、脳内で仮説を立ててみた。
一、ある客の忘れ物を、他の客が店の本だと思い込んで棚に差し込んだ。
二、店主の影野がお客から新しい本を買い取った。
三、客が要らなくなった本を本棚に差し込んだ。
（一はありえそうだ。二もしかしたらあるかもしれない。三は考えすぎ？　他にも理由……あるかな？）

うーんと思わず唸りながら、紗月は店のカウンターの方へ視線をやった。店主は不在だ。

影野は用事があると言って出かけている。十五分もすれば戻ると言っていたので、彼が帰ってきたら状況を報告して、聞いてみた方がいいかもしれない。そう思ってその場から離れようとすると、不意《ふい》にワンピースを着た小柄な女性が視界に入った。

彼女はちらちらとこちらの様子を窺っているようである。どうやらこのコーナーを見たがっているらしい。紗月が長いこと居座っていたから邪魔になっていたみたいだ。

「気づかずに申し訳ありません。どうぞ、ごゆっくりご覧ください」

紗月が笑顔で挨拶をすると、女性は一瞬だけ目を丸くし、気恥ずかしそうにぺこりと頭を下げるやいなや、紗月の横をそそくさと通り過ぎていく。彼女がいなくなり、甘い香りだけがふわりと残った。

（あれ？　ここのコーナーが目当てじゃなかったのかな？）

肩透かしにあい、彼女の後を追ってみるものの、既に姿はなかった。

何か探しているものがあれば気軽に声をかけてくれたら探すのに、とうずうずする紗月だったが、影野から忠告されたことが思い出され、ふうっと小さくため息をつく。

『おまえに一つ忠告をしておこう。あのばあさんのように客が望んだときは力になってやってもいいが、望んでいないことにまで首を突っ込むな。他人にペースを崩されるのがいやな者もいる。この店にトラブルは無用だ』

きっとやや猪突猛進とも言える紗月の性格を見抜いて、彼は言ったのだろう。

たしかに店員がじろじろと見ていてはお客がリラックスできない。ゆったりとした時間を存分に過ごして、居心地のいい場所だと思ってくれたら、これからも通ってくれるかもしれないのだから。

女性はやはり紗月の視線が気になるらしく、遠慮がちに本を手に取っている様子なので、紗月は別の本棚へと移動した。

するど、ちょうど影野が帰ってきたので、紗月はさっそく報告することにした。

「影野さん、この本が棚にあったんですけど、この頃、新しい本を仕入れましたか？」

影野は即座に首を振った。

「俺は個人からは買い取りをしない。集めているのはもっぱら古書だけだ」

「そう……ですよね」

「価値がありそうなものは、伝手を頼って集めることもあるが、一般の書店で買える新刊をわざわざ仕入れる必要性はない」

たしかに、と紗月は頷く。

影野の拘り方からすると、骨董的価値や希少性がある『古書』を中心に揃えていることは、紗月もわかっている。比較的新しい格安に成り下がった古本を取り扱っていないわけでもないが、たとえば漫画でいうなら三十年以上前、一九六十年代から七十年代に発行された『ベルサイユのばら』、『王家《おうけ》の紋章《もんしょう》』、『はいからさんが通る』などの初版などが揃っている一方で、アニメ化、ドラマ化、映画化などがされているような最新の流行と言える本はない。

だからなおさら、絶賛連載中のタイトルの新刊がここでは季節はずれの新雪《しんせつ》のように目立って輝いているのだ。

「忘れ物というわけじゃないなら、客が何らかの理由で邪魔になった本を置いていったんだろう。稀《まれ》にそういうこともある。気にしないでいい」

影野は表情を変えることなく、当然のように受け流した。

「もしかしたらって私も思ったんですけど、本当にそういうことがあったんですね」

「窃盗犯だったら捕まえる必要もあるだろうが、向こうから寄付してくれるつもりなら、罰することもないだろう。元に戻しておくといい。案外すぐに取りに戻ってくることもある」

「でも、戻らなかったらどうするんです？　もともとなかった本を勝手に販売して、お客さんからお金をいただいちゃうんですか？」

「曰《いわ》くつきの本は大抵売れない。ワケありというのが雰囲気で伝わるんだろうな。まあ、万が一、売れるようなことがあれば、透馬山神社の賽銭《さいせん》にするから安心しろ」

影野がそう自己弁護《べんご》する。古書を骨董品のように丁寧に扱う、几帳面そうな彼には似合わない回答のように思える。慣れたように言うぐらい、こういうことが頻繁にあったのだろうか。

彼が言うように、必要な人の手にわたり、その対価であるお金をお賽銭として神様に収められるなら本は救われるかもしれない。けれど、紗月はさっき思い浮かんだ仮説を打ち消したのち、すぐにも新たな疑念を抱いた。

「神様に収めるなら言うことはありませんけど、たとえば、誰かが他の書店から盗んだ本とかだったらどうするんですか？　友だちに借りた本だったら？　誰かが落とした本を拾って持ってきていたら？」

思いつくままに紗月が問いかけると、影野は面倒くさそうにため息をついた。

「仮に盗んだ本だとわかったら、そのときは然るべき対応をする。ただそれだけだ」

影野は拘りがあるようなのに、案外そっけない。

「でも、理由がわからないとなんだか後味が悪くて、気になってしまいますよね」

「前にも言っただろう？　好奇心旺盛なのは結構だが、何でも首を突っ込もうとするな。自分の範疇《はんちゅう》にないことまで世話を焼けば、そのうち、それをいいことにつけ込もうとする者だって現れる。おまえはおまえのやれる仕事をしてくれたらいい」

「つけ込もうとするって、例えばどういうことですか？」

「とにかく、今回のケースは犯人なら放っておいてほしいと思うだろ。構わずにそっとしておけ。妙なことに進んで巻き込まれるのはごめんだからな」

これ以上、紗月が追及しようとすれば、影野が不機嫌になりそうだったのでやめた。

「……わかりました」

渋々返事をするものの、腑に落ちないし、釈然《しゃくぜん》としない。

一冊の新刊が差し込まれた理由は何となく見えてきた。それなら、周りの本まで一緒に移動する意味は何だというのだろう。忘れ物なのだったら適当に差し込むだろう。何らかの理由で邪魔になった本を置いていきたいなら、すぐに売り場を離れたいはずだ。

それとも、一連の本荒らしとはまったく別なのか。それにしては絶妙な場所だったし、タイミングが合いすぎる気がする。

後ろめたいからこそ差し込んだことがバレないように荒らしているのだろうか。でも、わざわざ手の込んだことをする理由は何だろう。ますます謎は深まるばかりだ。

ふと、紗月はワンピースを着た小柄の女性のことを思い浮かべた。やたら紗月のことを意識していて、不自然な行動をしていたように思う。店員の視線が居心地悪いサインだと思っていたが、あれこそが、後ろめたい仕草だったのではないだろうか。

（ちょっと待って……）

紗月はその女性のことをよく思い出してみる。小柄でちょっと猫背。眼鏡をかけていて、髪型は胸のあたりまで伸びた、ゆるふわウエーブ。紗月よりもおそらく若い。二十代前半ぐらいだろうか。服装はまちまちだったが、かぶっていた帽子がいつも同じだったように思う。

（ベージュ色のハットにリボンがついてた。そうだ、なんで気づかなかったんだろう）

振り返ってみれば、一回や二回ではなかったはずだ。ふらりと訪れ、でも何かを買うわけでもなく帰っていく。彼女が去ったあとには本棚の惨状。

（もしかしたらあの人が？）

紗月はハッとする。そうだとしたら、彼女は故意に何度もやっていることになる。誰かの忘れ物でもなければ、邪魔になったものを処分したいわけでもない。それだけでは説明がつかない。

いったい彼女は何のために？

……気になる。とても気になる。理由が知りたい。

首を突っ込むな、と言われたが、気になるのは止められない。

別に端から犯人だと決めつけて追い込みたいわけではない。紗月はただ純粋に、なぜこんなことをしなくてはならなかったのか、彼女の行動の理由を知りたいだけだ。

それに、一回限りではなく連日通っていることを考えたら、解き明かさない限り、本荒らしはずっと続くのだ。店にとって放置するのもよくないだろう。

紗月は次に彼女が来店したらこっそり張り込もうと心に決めた。

もちろん、影野に知られないように。

「おい、何かよからぬことを企んでいないだろうな」

影野から牽制を受けて、紗月はどきりとする。

「考えてませんよ。さあ、仕事、仕事」

わざとらしかったかもしれないけれど、紗月は影野の視線から逃れるべく、さっきの売り場へと向かった。一人作戦会議をして、彼女との対峙に備えることにした。

その日は案外早くにやってきた。

しかも、運のいいことに影野が用事で出かけるらしい。

「行ってらっしゃい」

「いいか？　くれぐれも余計なことはするなよ」

その言葉にどきりとしつつも、目を泳がせないように笑顔を向ける。

「わかってますよ」

影野は後ろ髪引かれるような感じだったが、「じゃあ行ってくる」と言い残し、店を出ていった。ふわりと残り香りが漂い、鼻腔をくすぐる。こころなしか、今日はいつもよりも馨《かぐわ》しい気がする。

(今日は何の用事なんだろう？)

仕入れのときは仕入れに行ってくると言う。でも、今日はどこへ行くかは言わなかった。非現実的かつ謎めいた影野の私生活のことが気になるが、今の紗月にとって優先すべき案件は『本荒らしの怪』である。

件の女性はいつもと同じようにやってきた。そして、いっけん愛想が良さそうに見えるが、挙動不審《きょどうふしん》な感じは相変わらずだった。店の中には数名の客がいる。そんな中、帽子を目深にかぶった猫背の彼女を、紗月はそっと視線で追う。なるべく自然体を装い、彼女の様子を観察することにした。

書架の配置は完璧に把握しているから、手に取りやすい場所はもちろん死角なども紗月にはわかっている。書店員として四年働いてきた経験と、自分に備わった感覚的なものだ。

おかげで彼女はこちらに気づくことなく、紗月の期待していた行動に出た。綺麗に整えられた本が、彼女の手によって省かれていく。

（やっぱり、思ったとおりだわ）

それらはベストセラーと呼ばれる名作ばかり。後ろめたさがあって緊張しているのか、指先が震えているようだ。彼女の緊張が移ったかのように紗月の心臓もドキドキと鼓動を速めていく。

そのとき、肩にぶら下げているトートバックの中に彼女が手を突っ込んだ。一見、万引きというふうにも誤解されかねない行為だが、彼女の場合は『逆』だ。一冊の単行本を取り出し、棚に差し込んだのだ。

本のタイトルは『キミとプラネタリウム』。この間、彼女が一冊差し込んでいったものと同じだ。間違いない、と紗月は確信を得た。

彼女は周りを警戒するように見回すとホッと息をつき、二巻、三巻、と次々に取り出し棚に挿し込んでいく。それから本の背表紙が六巻ずらっと並んだのを見たあとに最新刊である七巻を面陳した。

だが、満足したという雰囲気はなく、彼女は落胆したようにため息をついた。自己嫌悪に陥っているのだろうか。どう声をかけたらいいものか躊躇われた。

　他の客の足音が聞こえてきて、彼女は焦ったようにそこを移動しようとする。紗月もまた焦った。こちらに女性客が向かって来てしまったのだ。彼女に見つからないように急いで隠れようとしたのだが、すぐに考え直す。ここまで知ってしまったのだし、いつまでもイタチゴッコをしていたって仕方ない。

「あの、お客様」

　と、紗月はとっさに声をかけた。すると、女性は弾かれたようにこちらを見るやいなや、ぎくりと表情を強張《こわば》らせ、左右を見回した。

　逃げ出そうと一瞬考えたのだろう。けれど、本棚に阻まれては身動きができない。そのまま立ちすくんで動けなくなってしまったらしい。観念したように紗月の目の前で、思いっきり頭を下げた。

「ごめんなさい……！　すぐに撤去しますから許してください。これ以上やましいことなんてありません！　泥棒なんて絶対にしていませんから！」

　彼女に泣きつかれ、紗月はたじろぐ。これでは他の客の目にも入ってしまうだろう。しいっと紗月は唇のところで人差し指を立てた。彼女もハッとしたように口を噤《つぐ》む。

「ごめんなさい、ごめんなさい」

　平謝りする彼女の大きな瞳からは今にも涙がこぼれてきそうだ。美少女を泣かせてしまうと、こちらの方が甚《いた》く罪悪感に駆られる。

「大丈夫ですから、どうか落ち着いてください。こちらこそ驚かせてごめんなさい。私はお客様を咎めるためにお声をかけたんじゃなくて、このところ続いていた不思議な現象が気になっただけなんです。もともとあった本がなくなったわけじゃありませんし、ちゃんと事情を聞かせていただけるなら警察にも連絡しませんよ」

「本当、ですか？」

瞳を揺るがしながら、彼女は縋《すが》るように言った。

「はい。ですから、もしも悩んでいらっしゃることがあるなら、お話を聞かせてもらえませんか？　本に関わることなら、何かお力になれることがあるかもしれません」

紗月は取り乱すことなく女性を諭《さと》した。その言葉が効いてくれたのか、女性は涙ぐんだ目尻をこすりながら、ぽそりと力ない声で言った。

「この『キミとプラネタリウム』は、自分の本なんです」

予想もしていなかった回答に、紗月は目を丸くする。

「えっ……じゃあ、お客様は、作者の駒川伊織先生なんですか？」

驚きのあまり頓狂《とんきょう》な声が出てしまいそうになるのを、ぐっとこらえて問いかける。

「お恥ずかしながら……」

と、彼女は俯き、それから堰《せき》を切ったように説明しはじめた。

「実は、スランプで漫画が描けなくなっちゃって……どうしてもどうしても描けなくなって、東京の下宿先から勢いあまって逃げ出してきたんです。とにかく編集部の目の届かないところに離れたくて、衝動のまま新幹線に乗って、電車を乗り継いで……そしたら、いつの間にかここに――あ、透馬村は、地元なんです」

「そうだったんですか」

「はい。透馬村はいいところですよね。空気が澄んでいて、ゆったりしていて……気持ちが楽になります。今までは田舎なんて何もなくて不便なだけだって思ってたけど、都会に出てから地元の良さを再確認しましたよ」

紗月は「わかります」と頷いた。

「何か、描けなくなるようなきっかけがあったんですか？」

問いかけると、彼女はすぐに表情を曇らせた。

「作品の方向性について編集部と色々揉めてしまって。なんだか自分が置いてきぼりで、機械的な扱いを受けているような気がして、たまらなくなったんです」

彼女はそう言い、唇をかみしめる。

「ヒットしたのだって、ビギナーズラックだったんだとか、才能なんてないんだから言うとおりにしてればいいだとか言われて、気持ちが潰れる寸前でした。それで、とうとう逃げ出してきたんです」

彼女はとても疲れている。そんなふうに感じとれた。何らかの拍子にポキッと心が折れてしまったのだろう。でも誰に相談するわけでもなく、ぐるぐると迷子になっているのだ。紗月もそれを経験しているからわかる。

「そのくせに、自分の作品だと思うとやっぱり手放せなくて、一緒に持ってきているんだから情けないですよね」

　自嘲気味に言って、彼女は睫毛《まつげ》を伏せた。ううん、と紗月は否定する。

「だって……それは、一生懸命に作られたものですもの。当然でしょう。作家の方は、自分の作品を我が子のようだと言うじゃないですか」

「そうですね。おっしゃるとおりです。それで、行き場を失ってしまって、ふらっと立ち寄ったこの店で、何の気なしに新刊を一冊置いてみたんです。もしかしたら誰かが手に取ってくれるかもしれないし、本の居場所がないなら誰でもいいから読んでもらった方がいいと思った。そして、今日は誰か手に取ってくれたか気になって立ち寄るついでに、残りの本も全刊持ってきていたんです」

「そうだったんですね」

　やっぱり故意にされていたことだったのだ。けれど、ただのいたずらとかそういうレベルではなく、お客さんが悩んでいたことを知って、いたたまれなくなってしまう。

「ほんとうに勝手なことをしてすみませんでした」

「他の本を移動していたのも意味があったんでしょうか？」

「それは……」と口ごもってから、彼女は恥ずかしそうに理由を話した。

「名作の側においてあったら、自分の本が肯定されるような気がしたからです。誰にも買われなくても、一緒に並んでいたら、この本が浮かばれる気がして……」

そう言う彼女の言葉には、やはり我が子のように自分の作品を大切に想っている、愛情が感じられた。

きっと彼女は居場所が欲しかったのだろう。自分を認めてほしかった。必要とされたかった。その気持ちが、紗月にはよくわかった。

突き動かされるように、紗月は書架を見回した。何か彼女にぴったりの本はないだろうか。けれど、紗月は書店員であって作家ではないから、スランプという気持ちはわからない。

同調する感情はあるものの彼女を救うための言葉が見つからない。本のコンシェルジュだなんて意気揚々としていたくせに、気の利いたセリフさえ出てこない。なんてもどかしいのだろう。

紗月が必死に思い巡らせていると、

「あの……こんなことしておいて図々しいと思うんですけど、この本を差し上げます。もしよかったら、感想を聞かせてもらえませんか？」

伊織がおずおずと問いかけてきた。

「私でいいんですか？」

「うん。あなたがいい。描かせるためにもちあげるだけの編集部のよいしょの声も、ダメ出しばかりする担当の声も、もう聞きたくない。身近な人からの素直な感想が聞きたい。あなた、すごく感性が繊細そうだから、何か見失っているものを見つけてくれる気がするんだ」

何だか懐かれてしまったみたいだ。信頼を託すような伊織のビー玉のような薄茶色の瞳を見て、紗月は一瞬ためらった。

安請け合いはよくないかもしれない。だが、これほどまでに信頼の瞳を向けられると、彼女の気持ちをむげにすることもできない。力になりますと言ったのは自分なのだ。

紗月はそう言い聞かせ、「わかりました」と返事をした。

「よかった。嬉しい」

ぎゅっと手を握られて、思いのほか大きな手にびっくりする。

紗月よりも目線が下で、体格も小柄で華奢《きゃしゃ》なのに、手は大きくて指も長いんだ、とイメージとのギャップを感じた。

「店員さん、えっと、あなたの名前を教えてもらってもいいですか？」

「真山紗月です」

「紗月さんか。綺麗な名前だね。こんなボクのために話を聞いてくれてありがとう」

ボク、と彼女が言ったことに一瞬、違和感を覚えたが、にこにこと笑顔を向けてくる彼女を見て、紗月はあえて突っ込まなかった。

そのとき、ふわりと甘い香りが鼻腔を掠め、つられてその方向を振り向くと、影野の姿があった。どきり、と胸が波打つ。余計なことに口を出すなと言われたばかりなのだった。

「あ……」と伊織が委縮《いしゅく》した顔をする。紗月は伊織を守ろうと、とっさに影野と伊織の間に立って、説明を試みようとした。

だが、影野は何も言わずに一瞥をくれるだけで、カウンターの方に行ってしまった。

（あれ？　気づかれてない？　セーフ？）

紗月はドキドキしながらも、拍子抜けしてふうっとひと息ついた。

「怖そうな店主さんだよね。目をつけられているのかな、やっぱり」

伊織が血の気が引いたような顔でびくびくして紗月のうしろに隠れている。そんな紗月も実は内心びくびくしているのだが、安心してもらうためにフォローを試みる。

「大丈夫。また来てください。それまでに駒川先生の漫画を読ませてもらいますね」

「ありがとう。あの、できたら敬語は要らないから、名前も伊織でいいよ。こっちにいる間ボクと仲良くしてもらえると嬉しいな」

照れくさそうに彼女は言って、小指を差し出した。

「わかった。じゃあ、伊織さん、またね」

「うん。また来るよ。約束」

紗月は戸惑いつつも、彼女の小指に自分の小指を絡めた。

「約束」

（……あれ？）

紗月は何か引っかかるものを感じた。以前にも、誰かと『約束』をしたことがあった気がする。いつ、誰とだろうか。思い出せない。

『約束だよ。忘れないで』

誰かの声が――鼓膜に蘇《よみがえ》ってくる。

（……約束、そう……忘れちゃいけない、約束が……あったはず）

こめかみにずきりと鋭い痛みが差し込む。以前にもこんなことがあった。これ以上は思い出せないサインだ。

「紗月さん？」

伊織が戸惑った顔をする。紗月はハッとして指を切った。

「それじゃあ」

伊織が手を振って去っていく。

少しのくすぐったさを感じて、胸がほっこりと温かくなる。強張っていた何かがゆっくりとほどけていくような気がする。

伊織は、紗月の映し鏡のようだ、と思った。

今ではすっかり気持ちは落ち着いたけれど、ここに来たばかりの紗月は疲れきっていた。元彼との一件から人を信用できなくなり、地元に帰ってきた。考えないように、悲しくならないように、何とか奮い立とうとしていた。そんな自分が、きっと重なって見えたのだ。

誰かに見つけてほしかった。自分の存在を認めてほしかった。そんな気持ちがシンクロしたのだろう。彼女はありがとうと喜んでくれたけれど、救われたのは、もしかしたら紗月の方だったかもしれない。

清々しい気持ちでいたところ、いつの間にか隣にやってきた影野の冷ややかな一声が割って入った。

「おまえは……言っても聞かないやつだな」

その声に、紗月は振り向く。どうやらお見通しという顔だ。

呆れたような顔をされてしまったが、紗月にだって譲れないところはあるのだ。

「だって、事情を聞いたら、放っておけないですもん」

「だから余計なことをするなって言ったんだ。犯人がわかったんなら十分だろう。あとはもう構うなよ」

影野の態度からして、彼は紗月が目星をつける前に犯人が誰かわかっていたのかもしれない。だったら話を聞いてあげたらいいのに。紗月は悶々《もんもん》とした想いを抱く。

「感想を教えるって、約束しちゃいましたし……また来るって言ってましたよ」

紗月がそう言うと、影野は腕を組んで、思いっきりため息をついた。

「案の定、忠告したとおりになった。すぐに人を信じていい顔をするからそうやってつけ込まれるんだ」

「伊織さんは、そんな人じゃないですよ」

「なぜ、店で数回会っただけの客のことが、わかる？」

影野は淡々と追及しているだけなのに、その言葉尻には見えない気迫《きはく》があって、なんだか怖い。不機嫌というか怒る一歩手前だというのが伝わってくる。でも、だからといってすんなり彼の言うとおりにはできない。

「とにかく、ああ言った以上は、責任を持って、彼女の役に立ちたいんです」

「百歩譲って許す。だが、約束を叶えてやったら、もう接点を持つな。わかったな？」

影野は早口で捲《まく》し立てて踵《きびす》を返す。彼に真っ向勝負は通用しない。紗月は伊織から預かった漫画本を両腕でぎゅっと抱きしめ、はぁ……と項垂《うなだ》れるのだった。


伊織は三日後にまたやってきた。いつものようにトレードマークのつばの広い帽子をかぶって、ひざ丈のワンピースを翻し、紗月を見つけるなり駆け寄ってきて、嬉しそうに頬を緩めた。

「紗月さん、ごめんね。さっそく来ちゃって」

えへへ、と気恥ずかしそうにする伊織の表情はとても愛らしく、昨日と違い、とても晴々としていた。挙動不審だったときのびくついた様子はもうない。

「いつでも気軽に来てください。もちろん大歓迎ですよ」

紗月も笑顔で応じた。

きっと伊織は、鬱屈《うっくつ》していた胸の内を誰かに話すことで、すっきりしたのかもしれない。根本的な解決にはなっていなくとも、一時的にでも彼女が元気になってくれ、自分が役に立てているのなら紗月も嬉しいと思う。

影野は相変わらずカウンターからあまり動かない。伊織が紗月と話をしていることぐらいは聞こえているだろう。いや、聞き耳を立てているのかもしれない。

（なんだか、やりづらいなぁ）

彼に視線を向けられると、何でも見透かされているような気がしてしまう。昨日、紗月は影野に何とか口をきいてもらい、伊織に感想を伝えてあげることをあらためて許してもらった。相変わらず『首を突っ込みすぎるなよ』と散々言われたが、ダメだとは言われなかった。彼も彼なりに感じるところがあったのだろうか。

他にも客がいることを考慮して、小声で話すことにする。

「ちょっと元気そうで、安心しました」

「うん。紗月さんのおかげだよ。ありがとう」

にこっとはにかんだ笑顔を見せる彼女は可愛らしい。

「えっと……どうかな？　ボクの漫画……読んでくれた？」

目の前の彼女は愛らしくて仕方ないのだが、女の子としてとか人形みたいなという形容ではなく、まるで子犬が尻尾を振っているようなのである。

「もちろんよ。さっそく一巻から七巻まで読ませてもらったわ」

『キミとプラネタリウム』は、高校の天文学部に所属する男の子二人と女の子一人の青春ラブストーリーだ。幼い頃に家庭環境に悩んできた子たちがそれぞれ星空に想いを寄せていて、天文学に魅入られる中、ヒロインを中心に恋愛が展開していく。まっすぐな高校生の目標や純粋な恋心を繊細に描いた内容は、忘れかけていたときめきを思い出させてくれるものだった。

「いいんだよ、はっきり言ってくれて。ボク自身がわかってることだから。とどめを刺すつもりで、さあ」

ぱっちりした伊織の目がぎゅっと潰れて、覚悟を決めたように待っている。紗月は感じたことを反芻しつつ、言葉を選びながら感想を伝えた。

「う、うん。とっても引き込まれて素敵だなって思ったんだけど、途中から伝えたいことが曖昧になっているなって思ったの。ぐるぐる同じところを回っているような感じっていうのかな……迷うだけ迷って、出口が見えなくなっていく感じ」

「うんうん、それで？」

伊織が真剣に尋ねてくる。それからも紗月が感じるままに伝えると、伊織は思い当たることがあるのか、神妙な面持ちで頷いた。

「わかった。色々聞かせてくれてありがとう」

「伊織さんは結末をもう決めてるんですか？」

紗月は素朴な疑問を口にした。仮にも他人にネタバレをするのはまずいだろうかと一瞬思ったが、伊織はすんなり頷いてくれた。

「普通はプロットやネーム——コマ割りのラフ書きのことなんだけど——の段階で、ちゃんと担当さんと相談して決めるんだ。起承転結もしっかり立てるよ。でも、読者の反応とかまわりの意見にも左右されることがあって、途中で方向性が変わることもあるんだ」

そう説明する伊織の表情がみるみるうちに曇っていく。編集部と揉めたと言っていたから、方向性の違いでぶつかっていることで作品がブレてしまっているのだろうか。

「最終的な決定は、編集長が下すから。ボクの担当さんは中継役で、間に挟まれながら鬼のように指導してくるよ。色々ダメ出しばっかりでさ」

伊織は乾いた笑いを浮かべ、ふうっとため息をつく。

「でもね、一番ダメダメなのはボクだよ。肝心なのは、ボクの気持ちなんだ。作品に出てくるヒロインの気持ちが定まらない。それが原因だってわかってるんだけど……」

そう言いかけて、伊織は紗月をじっと見つめる。ほんの少しだけ目線が下の彼女に見つめられると、ちょうど上目遣いに甘えた視線を向けられるように感じられ、可愛い。男が放っておかないタイプだろう。

（元彼が選んだのはこういう子だったよね）

……と考えて、紗月は前ほど胸が痛まないことに自分で気づいた。そう思えるぐらい風化しているということだろう。影野が励ましてくれて以来、気持ちがリセットできたからだろうか。

伊織にもそういう前向きな気持ちになってもらえたらいいのにな、と紗月は思う。

「紗月さんだったら、こういう女の子の気持ちってどう思う？　こんなふうに感じることがあるかな？」

「うーん」と紗月は考え込んだ。真剣に悩んでいる伊織に対して、適当な回答はしたくないから懸命に考えてみるのだが、読書の感想ではなく自分の恋愛観となると難しい。

「私の意見だと参考にならないかもしれない。私もね、伊織さんと一緒で、地元がこっちなの。好きだった人に振られて、逃げてきちゃったんだ」

紗月が自嘲気味に言うと、伊織は瞳を揺らしてうろたえた。

「ごめん。もしかしてボク、辛い思い出に触れちゃった……？」

伊織が気に病むといけないから、紗月はううんと首を振る。

「相手への気持ちはもうとっくにないの。今はなんとも思ってないから平気よ」

強がりでも何でもなかった。さっき感じたように、悲しいとか辛いとか苦しいとか、そういう絶望感はもうない。あれほど傷ついたはずなのに、いつの間にかここで過ごすうちに癒えている。

そう考えると、東京を離れて村に帰ってきて正解だったのだと思う。環境や時間がきっと紗月の心をゆっくりと、でも確実に宥《なだ》めてくれているのだろう。何より、この古書店の存在が、紗月には大きな支えになっている。

今、紗月が望んでいることは……店主の影野に自分の存在を認めてもらい、もうちょっと彼と心の距離を縮めて、気持ちよく働きたいということだけだ。過去の恋はもう考えていない。

「恋愛は……どれが正解かわからないから表現するのがきっと難しいよね」

「そうだね。ボクもわからないんだ。人を好きになる気持ちを忘れちゃった。女の子の気持ちは男のボクには難しいよ」

しみじみと言って、伊織はため息をつく。

——え？

紗月は固まった。

今、とんでもなく重大なことを聞いた気がする。

頭の中で鐘を思いっきり鳴らされたような激しい衝撃を受けた。

「え、えっ!?　伊織さんって……お、男……の子なの？」

ぱくぱくと金魚のように口を開いて、目をぱちくりとさせる紗月を見て、伊織はそらとぼけたように言った。

「あれ、ボク言わなかったっけ？」

紗月は言葉にできないまま首を横に振る。

「やっぱり男が少女漫画を描いてるってショックだった？」

「そんなことはないけど……あまりにも驚いて」

そう。女性だと思っていた伊織が男だということにショックを受けているのだ。透明感のある白い肌、ナチュラルなお化粧が映えて、大きな潤んだ瞳、くるんとカールされた睫毛、艶々の髪が内巻きに巻かれているのだって可愛い。髭もなければすね毛なども一切ないし、どこをどう見ても美少女にしか見えない。女である自分よりも綺麗な彼に嫉妬すら覚えるぐらいだ。

「ボクはもちろん女の子が好きだよ。紗月さんみたいなナチュラル系っていうのかなぁ。がんばりやさんでやさしくって笑顔が可愛い子、すごくタイプだ」

あっけらかんと言われて、紗月は唖然《あぜん》とした。

そこへ、荒っぽく草履を引きずる音が聞こえ、ハッとする。不機嫌そうな顔をした影野がやってきて、一冊の本を伊織の頭にぽんっと載せた。

「いたっ」

「いい加減にしろ。店の中では騒がしくするな」

紗月は影野の伊織に対する行動に、ぎょっとする。

「あ……ごめんなさい」

伊織が委縮すると、影野はギロリと一瞥をくれた。その迫力に紗月と伊織は二人揃って凍りつく。

「影野さん、伊織さんはお客様なんですから……」と諌《いさ》めようとすると、影野はきっぱりと言った。

「もうとっくにこいつの答えは出ているはずだ。おまえに同調してもらいたいだけ。あわよくば……という下心ももちろんあるんだろう」

腕を組んで、影野が伊織の前に立ちはだかった。

「下心って……まさか、そんなことは」

思いがけない言葉に驚いて、即座に否定しようと思ったのだが、

「あ、バレちゃいましたか」

ぺろっと舌を出すあざとい伊織と、むすっと仏頂面を浮かべる影野を交互に見て、紗月は唖然《あぜん》とした。

「ええっ」

「おまえはこっちに来い」

二の腕をぐいっと引っ張られて、紗月は影野の隣に寄り添う体勢になる。守ってくれようとしたのか、見ていられなかったからなのかはわからないが、独占欲をむきだしにした影野の行動がちょっとだけくすぐったい。

「まったく、だからつけ込まれるようなことをするなって言ったんだ」

呆れたように見下ろされ、紗月はうっと言葉に詰まる。

「こいつは昔からこんな調子だ。にしても、女を口説くなら、ここじゃなく、縁結びとして名高い村の神社にでも行ってもらいたいもんだな」

影野はいやみったらしく伊織を一蹴した。

たしかに透馬山神社は縁結びの神様だが、この場合そういう問題ではない。

「伊織さんと、影野さんは……知り合い……なんですか？」

紗月は思わず影野と伊織を交互に見た。伊織は上目遣いでゴメンなさい、と反省しているようなそぶりをする。その態度が面白くないのか、影野は見かねたように、紗月に問いかけた。

「一冊ずつずれるように本が動かされていた。その謎は解けたのか？」

「それは、理由を聞きましたよ？」と言いつつ、紗月はまだひっかかるものがあることに気づく。

伊織は有名なベストセラー本の中に自分の作品を仲間入りさせようとしていたと恥ずかしそうに告白してくれた。自分の漫画本を差し込んだ件もそうだが、その場ですればいい話で、わざわざ棚を微妙に移動させていたことは解決していない。

「あ……そう言われると」

「観察力は褒めてやるが、自分のこととなると疎《うと》いんだな、おまえは」

不機嫌そうに言われ、紗月は言葉に詰まった。彼の言うとおりだから反論できない。だから、あんなにも荒療治《あらりょうじ》みたいな忠告をしたということか、とようやく紗月は理解した。

「店の中で動くおまえのことを見て、気にかけていたからだろう。やましいことをしているのを見られたら困るわけでもなく、むしろおまえにならば見つかってほしいとさえ思ったんじゃないか」

影野から言われ、紗月は思わず伊織を見た。

伊織はもじもじしたように顔を赤くしている。女性だと思っていたから警戒心もなかった。下心があったなんて考えもしなかった。ちょっと、いや、かなりショックだ。

「ごめんね、軽蔑した……？　紗月さん、やさしそうだから、仲良くなれたらいいなって思ったんだ」

子犬のようにしゅんとされると、紗月も参ってしまう。

「でも、話を聞いてほしかったのは本当だよ。漫画の感想は別として、ボクを肯定してくれる誰かに聞いてほしかったんだ。きっとあなたなら……って感じたからだよ。だから、どうか嫌わないでほしい」

大きな瞳がうるうると涙を浮かべて揺れている。

「も、もちろん……嫌いになんかならないよ」

「よかったぁ！　これからも話し相手になってもらえると嬉しいな。そうだ。紗月さん、今度、一緒に神社に行こうよ。ね？　すごく景色のいい場所知っているんだ」

よくよく見れば男の子だ。女装が趣味というだけで、中身は男性なのだ。紗月は今さら伊織を意識してしまい反応に困った。神社とは、紗月の家の近くの、透馬山神社のことだろうか。

「えっと……」

伊織のことは嫌いじゃない。でも、お客としてしか見ていない。彼の繊細な感情を傷つけることになるのではと思って、慎重に言葉を選んでいると、影野がずいっと間に割って入るように一冊の本を伊織に差し出した。

「ぴったりの本だ。持っていくといい」

そう言われて、タイトルと表紙に目を落とす。『かみさまからのおくりもの』という絵本だった。

「あ、ボクが昔好きだった本だ！」

伊織は目を細めるようにして絵本を手に取る。紗月は思わず影野を見つめた。彼の瞳から言いたいことが不思議と頭の中に、胸の奥に流し込まれてくる気がする。

きっとこれは……伊織が必要としている本で、影野が以前に言っていた、本が必要な人を呼んでいる、ということなのだろう。

（首を突っ込むなとか言うけど、影野さんは……きっとお客さんのことを考えている人なんだよね）

伊織と紗月がシンクロしたのなら、この本は紗月にとっても必要なものに違いない。もうずっと昔からいつも側にあった絵本だ。見なくとも内容はわかっているのだが、また読みたくなって、伊織のめくったページの先に視線を走らせた。

赤ちゃんが生まれるときに、神様は一人一人の赤ちゃんに贈り物をくれる。天使が運んでくれるのです――そういう冒頭からはじまる。

赤いほっぺの赤ちゃんには『よくわらう』を。おおきい赤ちゃんには『ちからもち』を。泣いている赤ちゃんには『うたがすき』を。よく動く赤ちゃんには『よくたべる』を。すやすや寝ている赤ちゃんには『やさしい』を天使が届けてくれました。そして感謝をするのです。『かみさま　すてきな　おくりものを　ありがとう』

浄化するように流れてくる、あたたかな色味の絵と励ましてくれる言葉たちが、空から舞い降りてくるように描かれ、忘れかけている何かが、頭の中で語りかけてくるみたいだ。

――そう、私たちはありのままでいい。周りを見て焦ったり、見失ったりしなくていい。それが自分なのだと認めてあげよう。これからも自分が自分らしくあればそれでいいのだ。足りないものも、余分なものも、それが個性なのだから。

「店主さん、ありがとう。すごく背中を押された気がする」

伊織の声にハッとする。気づいたら、自分の世界に入ってしまっていた。

「礼なら、こいつに言うべきだろう」

「ふふ。そうだね。紗月さんが話を聞いてくれなかったら、今こうしていなかったわけだし」

「ううん。私は何もしてないよ」

「そんなことない。紗月さんがいてくれたからだ。ありがとう」

伊織は瞳をきらきら輝かせて言った

「あー……なんか、みるみる描けるような気がしてきたよ」

今度は、紗月と影野は互いに顔を見合わせて、肩を竦めて微笑みあった。

「ねえ、紗月さん、ボクと友だちになってほしいんだ。また会いにきてもいい？」

伊織が紗月の戸惑っている様子を窺いつつ、影野をちらりと見る。

「くれぐれも営業妨害にならないように気をつけてくれよ」

「わかってます」

もしかして、影野は伊織のことを最初からわかっていたのではないだろうか、と紗月は思った。昔からこんな感じだと伊織のことを知ってるふうに言っていたけれど、なぜ知り合いなのだろう。この店で知り合ったということなのだろうか。

「伊織さん……じゃなくって、伊織くん。私は今、自分のことに一生懸命で、誰かと恋をするっていう気持ちになれないの。もちろん友だちなら大歓迎だよ。それは、ちゃんと伝えておくね」

紗月は素直にそう告げた。それが伊織に対しての誠意だと思ったからだ。

「……ははっ。さっそく振られちゃったね」

しょぼんと寂しそうにする伊織に、紗月は感じたままにフォローする。

「でも、伊織くんが元気になってよかった。これからも友だちとして応援してるよ」

「うん。ボクもあなたと出会えてよかったよ」

伊織が笑顔を咲かせてそう言ってくれたので、ホッとした。

「それじゃあ、またね！　紗月さん」

ちゅっと頬にキスをされ、紗月は目を大きくした。えへへ、と伊織が笑って逃げていく。いつでも動じず無愛想な影野もさすがに驚いたみたいだ。唖然とした顔をしている。けれど、伊織のキャラクターはどこか憎めない。ふふっと笑ってしまう。

「伊織くんったら……」

すると、何か言いたげに影野が口を開きかけたが、紗月と目が合うとふいっと視線を逸らし、ただただ気に入らなそうに腕を組み直すだけだった。

伊織はぶんぶんと手を振って、それから背を向けた。

店の外で姿が見えなくなるまで見送っていると、風が吹いて、伊織のかぶっていた帽子が風にさらわれる。慌てて彼が手を伸ばしているところを見て、微笑ましく思っていたのだが。

——え？

次の瞬間、紗月は目を疑った。

伊織の頭のてっぺんに耳が……見えたのだ。

耳といっても人間のものじゃない。もふもふとした獣のミミだ。

紗月はぱちぱちと目を瞬かせ、目をこすってみた。

(犬？　猫？)

そういえば、帽子を脱いだところは一回も見たことがない。趣味でミミ付きのカチューシャをつけた子は見たことがあるけど、それなら帽子をかぶると意味がないだろう。

腑に落ちないで眺めていると、今度は、伊織のおしりのあたりから、ふわふわした尻尾が出現したから驚きだ。

「ええっ！　尻尾までっ？　影野さん、あ、あれ、見てください！　伊織くんが……！」

紗月は思わず影野の袖を引っ張った。

さすがにびっくりして頓狂な声を出すと、突然、影野の手が横から伸びてきて、紗月の顎をくいっとあげさせた。

「ひゃっ！　あっ……影野、さん……し、し、し、尻尾が」

うるさい、黙れ、と言いたげに、人差し指をちょんと唇にあてがわれ、紗月はごくりと生唾《なまつば》を呑み込む。

「もう、あいつのことはいい。店に戻るぞ」

黒目がちな瞳に覗き込まれ、一瞬にして思考が停止した。

「そうじゃなくって！　見えないんですか？」

「ああ、見えてるぞ。おまえの間抜けな顔が」

思いがけず顔が近くにあり、どきっとする。彼の長い指先が紗月の頬に触れ、するりとなぞられた。

「そうじゃなくって」

「騒ぐな。原因はもうわかっている」

表情を変えることなく、影野は言う。彼は後方へと視線を移した。

そのとき、「おやおや」という声が割って入り、紗月はつられて声の主の方を見た。

すぐそばに、銀色の髪をした色白の羽織袴の男が立っていた。

「あのときの……！」

紗月はすぐにあのときの美丈夫だとわかったのだが、彼の姿を見てぎょっとする。

銀色の髪の頭にはミミが、そして袴のうしろにふさふさした尻尾がついていたからだ。

さっき伊織の頭についていたミミ、そして尻尾……。紗月は、ぽかんと口を開けたまま、信じられない気持ちで、美丈夫を見た。

「影野、この子には言ってなかったのかい？」

美丈夫が首をかしげる。

「白銀、おまえ、余計なことをしてくれたな」

影野は紗月をかばうように前に立ち、不機嫌そうに言い放った。意味がわからず、紗月は戸惑う。

「この子がアルバイトをはじめられたのは私のおかげだろう？　貼り紙に効果あったじゃないか」

ふふっと思わせぶりな微笑みを浮かべる美丈夫に対し、影野は怒りをあらわにする。

「力を使っただろう。面白がって巻き込むな」

「心外だな。親切にしてあげただけだというのに」

美丈夫がしょんぼりと耳いやミミを垂らす。

「あ、あのっ！　すみません、話が見えないんですけど！」

紗月は思わず、白と黒の和服美男の間に割って入った。

「うんうん、さっき見たものは幻なんかじゃないよ。君は、このミミが気になるんだろう？　ほら、触ってみるといい」

「やめろ！」と影野が阻止しようとした。が、一瞬遅く、美丈夫の瞳に囚われた。琥《こ》珀《はく》色の瞳孔《どうこう》が細められ、充血した赤い瞳が大きく開かれる。紗月はたちまち息ができなくなった。

身体は金縛りにあったかのように動けず、勝手に自分の手が伸びていき、彼の耳に指先が触れてしまった。

（な、何……この感触）

生温かいそれは動物のミミそのものだ。ぴくりと動くミミは、神経がちゃんと通っているのだろう、とたしかに感じた。

怖いという感情がわかなかった。ただ信じがたい思いで、美しい銀色の髪と、この世のものとは違う形容に見惚れた。ゆったりと赤から琥珀色へ変わっていく、人ならざるものと思わせる縦長の瞳孔に吸い込まれそうになる。

かっと胸の真ん中に熱いものがこみ上げて、苦しくなってくる。

「あっ……っ」

頭の中にちかちかと残像《ざんぞう》が映った。何かはっきりとはわからないが、自分が自分ではなくなるような不安に駆られた。

さらに目を細め、美丈夫が呟く。

「やはり、無理か……」

「白銀、勝手なことをするな！」

影野の声が靄《もや》がかかったように聞こえる。見つめたくないのに男の眼から視線が逸らせない。

「しっかりしろ」

倒れそうになったところ、影野の腕に抱きとめられ、紗月は身を預けた。ほんとうに力が入らないのだ。まだ、胸のあたりがもやもやするし、頭の中がぼうっとする。

「白銀、無関係の人間を惑わすな」

「まさか。無関係だなんて君がそんなことを言うのかい？　安心するがいいさ、悪いようにしようなんて思ってはいないよ」

くくくっと不敵な笑みを浮かべた美丈夫が、青白い光に包まれ、湯気のように揺らめく。目が回るような思いで見つめていると、銀色の狐《きつね》に姿が変わった。

「あ、ぁ……」

紗月は声にならずに、その光景をただ茫然《ぼうぜん》と見ていた。

『可愛い本のコンシェルジュさん。影野一人では背負いきれない。どうか彼の力になってやってほしい』

美丈夫の声が、頭の中に響いてくる。狐の姿の彼が喋っているのではない。頭の中に、心の中に、流し込まれてくる。

紗月は怖くて、自分の中から追い出すように声を出した。

「どういう……意味ですか？」

「奴の言葉に意味などない。からかうのが好きなだけだ。惑わされるな、俺を見ろ」

影野の声にびくりと身体が震える。

（どうなってるの。私……幻覚見てるの？　何かおかしいの？）

影野が支えてくれる腕の中にしなだれかかったまま、少しも動けない。身体が火照っているみたいで、背中に熱いものがじわりと伝っていく。

『大事なことを君は忘れている』

なおも、頭の中に声が響いてくる。

「忘れて……いる？　いったい何を？」

『さあ、私にはわからぬよ。ただ、君にはよく考えてほしい。それが何なのか』

こめかみにずきりと脈を打つような痛みが走った。呻きながら、紗月は影野の腕にぎゅっとしがみつく。

「ごめん、なさい……どうしてか、ちっとも力が入らなくて」

「いい。そうしていろ。おまえ、熱があるな？」

そう言われると身体がだるい。悪寒《おかん》のようなものを感じる。

「疲労か、いや、障《さわ》りか」

「さわり……？」

たちまち不安になり、紗月は影野を見上げた。

「大丈夫だ。俺にそのままよりかかっていろ」

紗月を抱いた腕にぎゅっと力をこめながら、影野は狐を睨んだ。

「いい加減に遊ぶのはやめろ。帰ってくれ」

影野が叱りつけると、狐は人の形へと変わった。

「はいはい。今日のところは退散するよ」

美丈夫の銀髪がひらりと風に舞う。彼は妖しい微笑みを浮かべ、その場から霧のように姿を消した。

「あ、あの人はいったい……何なんですか？　私、お店の前で会ったんです。影野さんのお知り合いだって言ってました」

それからそれから……伊織と別れたあとのことが一気に押し寄せてきて、脳内が混乱している。

影野は、紗月を抱き上げて、店の中に戻った。

「とりあえず、今日は店じまいにする」

そう言って戸を閉め、カウンターの奥に向かう。

扉を開くと、六畳くらいの和室の部屋が見え、襖の奥にもう一部屋ある。そこへ、影野は連れていってくれ、たたんであった布団を広げ、紗月を寝かせてくれた。

「辛いところはないか？」

「大丈夫です。ちょっと身体がだるいぐらいです」

珍しく影野がやさしいと、何だかくすぐったい。それほど心配しているとなると、深刻なことのように思えて不安になる。

「おまえが見たとおり、あいつ……白銀は人じゃない」

紗月は息をのんだ。

「人じゃないっていうことは……」

あらためて言われると、怖くなってくる。

「あいつは妖狐《ようこ》の白銀《はくぎん》というあやかしだ。おまえが気づかないでいる分には、明かすまいと思っていたが――」

影野はやりきれなさそうにため息をついた。

「あやかしって、いったい何なんですか？」

「元は動物をはじめとする生き物だった。それが霊魂《れいこん》となり、何らかの心残りをもって彷徨《さまよ》った結果あやかしになる。他にはもともと物でしかなかったものに情や念がうつって、触れた者に同調すると、付喪神《つくもがみ》として具現化《ぐげんか》されるものもある。あやかしには人間からされた仕打ちに恨みを持っている者が多いから、大抵は人間に害があるものを総称して妖怪と呼ばれる」

なるほどと納得しながらも、世間一般によく知られる『妖怪』のイメージを思い浮かべると、背筋がひやりとする。

「おまえは、あやかしが視える人間なのだろう。あやかしの中には悪さをする者もいれば、白銀のようにおもしろがってからかう者もいる。だから首を突っ込むなと言ったんだ」

「それじゃあ、伊織くんも……？」

あのミミと尻尾。偶然だとは思えない。妖狐だって最初は和服が趣味のコスプレイヤーだと思ったぐらいだ。でも違った。ちゃんとした肉感のある獣のミミだったのだ。

「伊織は狛犬《こまいぬ》のあやかしだ」

影野はきっぱり言い切った。

「狛犬もあやかしになるんですか？　狛犬は神社の守護役のはずじゃ……」

「あやかしには色々事情があるんだよ。ついでに言っておくが、おまえが最初に絵本を選んでやった婆さんもあやかしだぞ」

「うそ……っ」

「おまえが絵本好きだから、知らずに同調して呼び込んだんだろう」

「私、今まで何も視えたことなんてなかったのに」

「普段は視えなくとも、何らかの感情が引き金になって視えるということもある。とにかく今は余計なことを考えるな。ゆっくり息を吐いて、ゆっくり息を吸え。それに、だいぶ熱が高いようだ」

影野のひんやりした手が額に触れる。熱があるからなのか。気持ちいい。香炉《こうろ》からいい香りが漂う。いつも影野の着物から感じるあの艶っぽい匂いだ。

「この香り……気持ちが落ち着きます」

「そうか。何でもいい。とにかく気分を落ち着けるんだ。視えてしまったのは……」

と言いかけて、影野は黙り込む。

ふと、紗月は古書店を見つけたときのことを思い出す。影野のことを不思議な雰囲気のある男性だと思った。白銀が影野と知り合いだと言っていたし、影野が伊織のことをよくわかっている様子でもあった。いったい彼は何者なのだろう。

「影野さんは前から……あやかしが視えるんですか？」

影野は言葉に詰まったような顔をしたあと、淡々と説明した。

「あぁ。視える人間がいると、あやかしは面白がって寄ってくる。無視しても、白銀のように絡んでくる者もいれば、伊織のように興味をもつ者もいる。害を与えないあやかしの場合は、来てもほうっておけばいい。おまえのように首を突っ込めば、妙な因縁ができてしまうんだよ。あやかしはそういうものだ」

影野の説明を聞いて、なんとなく彼が俗世から離れた雰囲気を持つのもわかる気がした。

「二十歳まで幽霊を見なければ一生見ないって、やっぱり都市伝説なんだ」

紗月の呟きに影野は不思議そうな顔をする。

影野の視線を感じとった紗月はハッとして説明した。

「昔、友だちとそういう話をしたことがあったんですよ」

古書店を見つけたときから、不思議なことが起きると思っていたけれど、まさか妖怪の仕業だったなんて。

それにしても、白銀の言っていた『忘れていること』というのはいったい何だというのだろう。紗月が失った十歳までの記憶に何か関係があるのだろうか。

「熱がひどくなってきたな。今は何も考えずに休め」

影野が心配そうに覗き込んでくる。ひんやりした手が気持ちいい。

「手を……握っていてもらえると安心します。もしかして、小さなときは……こんなふうにしていたのかな？」

無意識に呟くと、影野の手がぴくりと動いた。

「あ、実をいうと、私……十歳までの記憶がないんです。交通事故にあったことがきっかけだったとか。両親の離婚のことがショックだったからとか。色々理由はあったみたいですけど、何となく辛い思い出と幸せな思い出と半々だった気がします」

紗月が訥々《とつとつ》と語り出すと、影野は何も言わずに手を握ってくれた。女性のものとは違う、骨っぽい指の感触、すっぽりと包んでくれる手のひら、ひんやりとした感覚が気持ちいい。

それから程なくして、睡魔に誘《いざな》われるように、すうっと意識が薄れていった。

目を瞑りうとうとする中で、空を見上げたあのときのことが脳裏をよぎった。

キレイな鳥がじっと見つめて、紗月に何か言いたげにしていた。

何だろう。とても懐かしくて愛おしい記憶が、そこにある気がする。何かを思い出さなくてはいけないような焦燥感に駆られる。だけれど、どうしても出てこない。

瞬くように光が降り注ぎ、景色が変わる。

『いっしょに蛍を見にいこうよ』

男の子の声がする。

『うん、見たいね。いこういこう！』

紗月は嬉しくて、男の子の手を握った。

待ち合わせの神社の鳥居から石段をのぼっていく。境内に到着して裏参道に続く赤い橋をわたると、綺麗な川のせせらぎがきらきらと輝いていた。

蛍がたくさん舞っている姿が、まるで無数の星のように見えた。紗月がたくさん持っている絵本のうちの一冊、『銀河鉄道の夜』という絵本に描かれている景色にも似ていた。

『わぁ！　すごい！　まるで星みたい』

『うん。僕たちが夜空を翔《か》けているみたいだね』

絵本を指さしながら男の子は言った。

そこから先は何も見えなくなり、ふっと消えた。

どろりとした重たい意識を振り払うように、紗月はゆっくりと瞼《まぶた》を開いた。身体は相変わらずだるかったが、火照るような感じはしない。熱が下がったのだろうか。

横を見ると、影野に手を握られたままだった。彼は目を瞑ったまま眠っているようだ。

(影野さん……心配していてくれたんだ)

嬉しさのあまり胸を熱くしていたら、ぼそぼそと声が聞こえてきた。

「……たしか…………星……だ」

紗月は驚いて、思わず影野の顔をまじまじと眺めた。

「え？」

ぎゅっと握られた手に力がこもり、紗月は激しく動揺する。しかし彼の目は閉じられたままだ。いったい、彼はどんな夢を見ているのだろう。

紗月の気配を察知したらしい。目を瞑っていた彼がゆっくりと瞼を引き上げ、のっそりと身体を起こす。

「起きたか？」

「……はい」

「気分は？　辛いところはないか？」

「大丈夫です」

紗月がはっきりと答えると、影野はホッとしたようにため息をつく。

出会った頃から冷たい態度ばかり取られていたので、何となく拍子抜けして落ち着かない。風邪を引いたときは母がやさしくなる。そんなくすぐったい感じと似ている。

「あの……手を」と、紗月が戸惑いつつ指摘すると、影野は握っていた手をぱっと離した。

「ずっと握っていてくれたんですね。ありがとうございました」

「これは……おまえが握りしめるから、離すに離せなかっただけだ」

影野はふいっと視線を逸らす。彼の手を見れば、かすかに爪《つめ》の痕がついている。無意識に怖くて、掴んでしまったのかもしれない。でも、振り払おうとすれば、彼ならできたはずだ。

「強く握ってごめんなさい」

「別にいい。あれは、おまえが悪かったわけじゃないだろう」

「ごめんなさい」

「もしかして、私を最初に避けたのは、あやかしのことが関係あったんですね？」

「……それもある」

影野は観念したように言った。

「それを聞けて安心しました。嫌われていたからじゃないんだって。それと、私、こんなことで辞めませんから。ちゃんと、恩返しをさせてください」

「紗月……恩返しなんて軽々しく言うもんじゃないぞ」

戸惑ったような顔をして、影野が紗月を見つめる。

「え、私の名前……」

影野が初めて呼んでくれたことに驚いていると、影野は一瞬だけ我に返ったような顔をしたあと、やや不機嫌そうにそっぽを向く。でも、彼は言い訳をしない。めんどくさそうにしているだけ。

「おまえの名前だろう？」

少しは親近感を持ってくれていると思っていいのだろうか。そう期待したくなる。だが意味がなかったとしても今はそれでもいい。

「名前をそんなふうに呼んでもらえると、自分の存在を肯定される気がするっていうか、認められるっていうか、嬉しくなるものなんですね。自分がここにいるって安心感を得られるっていうか。だから、これからも……名前を呼んでほしいです」

「べつに、俺は特別な意味があって呼んだわけじゃない」

「わかってますよ。でも、私は嬉しいんだっていうことは言っておきますから」

「勝手に思っておけばいい。おまえの良さは、その能天気なところぐらいなんだろうしな」

影野はやや呆れたように言った。

「じゃあ、もっと良いところを見せられるように頑張らなくちゃ、ですね？」

「空回りしすぎて、迷惑をかけられるのは困る」

「もう、わかってますよ」

ああ言えばこう言う。キリがない。でも、無視されるよりもずっといい。こうして会話していられる時間が大切だと思う。

東京にいた頃に起きたことがもう遥か遠い過去のようだ。そのときの胸の痛みとは違う何か別の痛みが、しくしくと疼《うず》くように感じる。不思議な感覚がする。断片的に夢に見るあれが、何か関係しているのだろうか。

記憶を辿ろうとすればするほど混迷し、頭の奥が痺れるように重苦しくなるのはなぜなのだろう。事故の後遺症はないと聞いている。けれど、思い出そうとすると気分が悪くなる。まるで意図的に思い出してはいけないと封じられているみたいだ。

（私はいったい何を忘れているの……？）

あやかしが視えるようになったことといい、自分の身体が何か自分のものではないような感じがして不安が募る。

「顔色が悪いな。もう少し休んでいけ。夕方になったら起こしてやるから」

「手をまた握ってもらえますか……？」

いつになくやさしい影野が、幻だったと思いたくなくて、そう問いかけてみた。すると彼は意表を突かれたような顔をして、ふいっと視線を逸らした。

「バカ、調子に乗って甘ったれるな」

「……ですよね」

紗月は自虐《じぎゃく》的にそう返した。

なぜだろう。影野には甘えたい気持ちになる。無愛想でぶっきらぼうだけれど、彼は悪い人じゃない。二人でこうしていると、なぜかとても懐かしい気持ちになる。ここが祖母と一緒に過ごした古い家屋の匂いと似ているからだろうか。

紗月の意識はまたゆっくりと溶けていく。彼の香を感じると、不思議と先ほどの苦しさはすうっと消えていく。

夢うつつのところ、影野が手を握ってくれている感触が伝わってきた。

（さっきは、調子に乗るなって、拒否したのに……）

ああ、やっぱり彼の本質はやさしい人なのだ。もっと彼のことが知りたい。せめてもう少し会話が続くようになれるぐらいには。

そんなささやかな希望を抱きつつ、紗月は彼の手をぎゅっと握り返した。

第三話　一瞬と永遠

雨がしとしとと絶え間なく降り続いていた。六月下旬にもなると、ニュースで例年よりも早く梅雨《つゆ》明けするらしいという情報が流れた。

紗月は病室のテレビから流れる週間天気予報から目を離し、祖母の方を見た。今日は仕事で忙しい母の代わりにお見舞いにきていたのだ。

「いつもありがとうねぇ、紗月ちゃん」

「ううん。おばあちゃん、今日は顔色がいいみたいね」

「そうだねぇ。梅雨に入ってから節々《ふしぶし》が痛くてしんどかったんだけれど、ようやく落ち着いたんだよ。おばあちゃんがもっと元気だったら、紗月ちゃんに新しい浴衣を縫ってあげたんだけどねえ」

祖母は残念そうに言った。もう八十歳だ。あちこちガタがきていやになると祖母は言う。そのとおり、入院したり退院したりの繰り返しだった。今は、持病のぜんそくが悪化したために、精密検査のために入院している。それに加え、この頃は不思議なことを言うようになったと母が言っていた。

実際会ってみれば、いつもどおりだったから安心した。おっとりとした話し方だし、多少のもの忘れはあるが、会話が成立しているのだから、深刻な症状ではなさそうだ。

「おばあちゃんに縫《ぬ》ってもらった浴衣なら、あるじゃない？　高校生のときから身長変わってないし、大人っぽい柄だから、重宝してるのよ」

「そうかい。それは嬉しいねぇ」

祖母がほんとうに嬉しそうに目を細めるから、紗月は張り切って答えた。

「今年もぜったいに着るから、おばあちゃん見てくれる？」

「もちろんだよ。楽しみにしているからね」

不意に、紗月はあやかしのことが気にかかった。

「あの……おばあちゃんは、昔、不思議な現象を体験したことはなかった？」

灰がかった瞳が、紗月をじっと見つめる。紗月は驚いて、祖母の顔を見つめ返した。

「何かが視えたのかい？」

「おばあちゃんも、何か視えるの？　あのね、私、人じゃない、妖怪、あやかし……が視えたの」

おずおずと紗月が言うと、祖母はわずかに瞳を見開いた。

「そうかい。紗月ちゃんは心がやさしいから視えてしまったんだねぇ。昔から不思議な現象は、あやかしのせいだといったもんだからねぇ。けれども、怖がることはないよ。紗月ちゃんさえ、そのまんま変わらないでいれば大丈夫だ」

「ほんとう？」

「ああ」と祖母がしわしわの顔にさらに皺《しわ》を刻ませるぐらいにやさしく微笑む。その表情を見たら、なんだかホッとした。いつでも祖母は、何があっても否定せず、紗月を安心させてくれる大切な存在だ。

ふと、紗月は気にかかっていたもう一つのことを思い浮かべた。

「あのね、私、おばあちゃんに聞きたいことがあったの。小さな頃に男の子と遊んでいなかった？　同じ年か、ちょっと上ぐらいの子」

「ええ。ご近所にね、とっても仲良しにしていた子がいたよ」

思わぬ情報に胸が高鳴る。紗月はすぐに話に食いついた。

「ほんと？　名前は？　覚えてる？」

「名前は……ごめんよ。忘れてしまったねえ」

「そっか、残念」

「その子がどうしたんだい？」

「この頃、よく夢に見るの。もしかしたら私の忘れていた記憶の一部なのかなって思ったら気になって仕方なくて……」

紗月が言うと、祖母は少しだけ悲しそうにした。もしかしたら紗月の両親の離婚や交通事故のことを思い出してしまったのかもしれない。十歳までの記憶がない紗月と違って、祖母は事の顛末《てんまつ》を知っているのだ。やっぱり無理に思い出すようなことではないかもしれない。

「おばあちゃん、大丈夫よ、心配しないで。あんまりにも楽しい夢だったから、その子がどんな子だったかちょっと気になったの」

「そうかい。思い出せなくてすまないねえ」

「ううん。話を聞いてくれてありがとう。おばあちゃん早く良くなってね」

「ええ。いつもありがとうね」

祖母はにこやかに顔に皺を刻む。そのあと、「さっちゃん」と紗月を呼び止めた。

「え、何？　おばあちゃん」

突然さっちゃんと呼ばれたことに驚き、紗月は目を瞬《またた》かせる。

「あやかしは怖くないんだよ。紗月ちゃんさえ、心を開いて受け入れさえすればね。みんなあ、やさしい子たちだよ」

紗月は不思議に思いながらも、笑顔で頷いた。

「うん。心得ておくわ。じゃあ、着替えをもってまた来るからね」と声をかけて病室をあとにする。腕時計を確認すると、十一時をちょっとだけ過ぎていた。

これから病院は昼食の時間だ。紗月はいつもその前に出るようにしていた。いったん実家に戻って適当にお昼ごはんを食べたら、鴉翅堂書店に向かう。

商店街を行く道すがら、蛍鑑賞会の告知ポスターが視界に映った。

透馬山神社の裏参道にある赤い橋を渡り、あぜ道を小川に沿って進むと、透馬山の麓《ふもと》と言われる渓流《けいりゅう》に行きあたる。梅雨入りの時期が来ると、この界隈ではホタルを鑑賞することができるのだ。小学校高学年のときは課外授業で観察日記をつけたことがあるし、中学校になれば友だち同士で見に行ったものだった。高校生になるとカップルで赤い橋を訪れると幸せになれるなどといったジンクスが流行した。

（蛍かぁ。もうそんな季節になるんだ……）

紗月が透馬村に戻ってきてからまもなく三ヶ月になるところだ。

何か視えたとか、不思議な体験をしたのは、あれっきりである。狛犬のあやかしだという伊織が紗月に会いに来ることもなければ、妖狐の白銀がふらりと現れることもない。

ただ、東京から透馬村に戻ってくるちょっと前から、不思議な夢を見ていたことが、紗月には引っかかっていた。それも関係しているのではないだろうか、と仮説を立てていたのだ。夢の中には神社が出てきていた。ちょうど蛍の夢を見たところである。だったら、神社に行けば何かがわかるかもしれない、と好奇心をくすぐられるものの、人ならざる者と出会ったらと思うとやっぱり怖くて、一人では行けそうにない。

影野がついてきてくれたら……と思うのだが、きっと「余計なことに首を突っ込むな」と苦言《くげん》を呈《てい》されてしまうだけだろう。彼にはあれほど心配かけてしまったあとだから、打ち明けづらい。

十歳までの記憶がないことが、関係していたりしないだろうか。疑問はわきあがるばかりで何一つ解決していない。紗月は一人悶々としたまま過ごしていた。

それとは別に、この頃、店に行くのに勇気がいる。影野が手を握ってくれたときのことを度々思い出してしまって、必要以上に影野を意識してしまうのだ。

紗月は水玉模様の傘を差して商店街をのんびりと歩きながら、ため息をついた。梅雨の時期だからこそ余計に鬱屈した気持ちになるのかもしれない。

時々ななめに風が吹き付けて、頬を濡らす小雨の冷たさを感じる。テレビの予想どおりに早く梅雨が明けてほしい。からっとした青空が見たい、と紗月は思った。

それから鴉翅堂書店の前に到着した紗月は、いつものように引き戸を引っ張ろうとした。ところが――びくともしない。

「あれ？」

もう一回力いっぱい開こうとするが、やはり開かなかった。

まさか臨時休業だったら貼り紙ぐらいはするだろう。そう思い、雨粒のついたガラスを手で払って中を見ていると、突然後ろから手が伸びてきて、紗月はびっくりして顔をあげた。影野の顔が驚くほど間近にあり、どきっと鼓動が跳ねる。

「あ、影野さん……」

「貸してみろ」

影野がそう言い、戸を開けてくれた。いつもならガラガラと小石が絡んだ音がするのだが、泥粘土がくっついているかのような鈍い動きだ。

「わ、助かりました。ありがとうございます」

「元々建てつけがよくないうえに、湿気のせいで開けにくくなっている」

「そうみたいですね。でも開けっ放しにしておくわけにはいかないですし……今も斜めに雨が降ってますし」

二人して店の中に入り、外を眺めた。

天気がいい日は換気のために引き戸を開放していたのだが、梅雨入りしてからはほぼ閉めきっている。湿気は本によくないので、風通しをよくするため、扇風機を全体に行き渡るように回転させていた。

埃が充満してしまうと衛生上よくないので、なるべくこまめに掃除をして、本が傷まないように清潔に保つよう工夫もしている。

「この時期は仕方ない。客が訪ねてきたら、その都度、開けてやればいい」

何をするのも面倒くさそうな影野にしてはやさしい言葉だった。

「この間からちょっと思ってたんですけど、影野さんは、別に人が嫌いっていうわけじゃないんですね」

「何が言いたい」と影野が胡乱《うろん》な目を向けてくる。

「別にいやみとかじゃなくって、素直に感じたことを言ったんですよ」

不意に手が触れ合い、彼が心配そうに手を握ってくれていたあの日のことがまた鮮明に蘇ってきて、頬が熱くなった。

「だって、あの日……影野さんは、ずっと手を握ってくれていたでしょう?」

「あれは……仕方なくだと言っただろう。調子に乗るな」

「でも、眠ったあとも握っていてくれたの、わかりましたよ」

影野が珍しく言葉を失う。なんとなく見つめていると、

「そういう顔で、俺を見るな」

ぶっきらぼうに影野は言って、ほら、とエプロンを投げるようによこしてきた。

「私、どういう顔をしてるって言うんですか」

紗月を無視して影野はこちらに背を向ける。その後ろ姿に恨めしい目を向け、紗月は仕方なく支度に入った。

（もうちょっと可愛げがあったらいいのになぁ）

最初は影野のこういう態度に戸惑うことが多かったが、彼のぶっきらぼうな対応にもだんだんと馴染んできている。それが影野との距離が近づいたように感じられて、紗月には嬉しかった。

都合のいい方に解釈しておこう。きっと彼は人が嫌いなわけでも、紗月のことが嫌いなわけでもないのだと。

（あんなふうに心配してくれたんだものね）

紗月は、白銀に術をかけられたときのことを思い浮かべた。

あやかしが視えるなんて正直信じられなかったし、今でも夢だったのではないかと思っている。普通に存在している分にはまったく怖いという感情すら抱くことはない。

むしろ、他人と線を引いているような影野とこうして打ち解けられたのは、図らずも妖狐や狛犬といった、あやかしのおかげなのだ。

そんなふうに考えるのは、紗月があれ以来、酷い目にあっていないからなのかもしれない。いつか紗月を傷つけるようなことが起きる可能性もあるのだろうか。

戸惑いと好奇心と不安と、さまざまな感情が、紗月の胸を揺さぶる。

あやかしが人の形に化けることができるなら、脅かすような真似をしないで、伊織と会話するように、他のあやかしともごく自然に対話ができたらいいのに。

そんなことを考えながら、しばらく精を出して働いていた紗月だったが、ある本棚の前に立った瞬間、うーんと唸った。

整理したはずの本棚の本が移動され、バラバラに差し込まれていたのだ。

（これって、本荒らしの怪・再び……？）

紗月は無意識に伊織のことを思い出したが、その後すぐに心の中で詫びた。さすがに犯人は伊織ではないだろう。今日はまばらだが、一時間に数名、客が入っては帰っていくような感じで繁盛していた。雨の日が続いているから、読書するのにうってつけの時期というのもあるかもしれない。そんな中、紗月はある人物に目をつけた。

（あの子だ……）

一人の学ラン姿の男の子がいた。その人物こそ紗月が目星をつけていた犯人である。

透馬村の子であれば、中学生は学ラン、高校生はブレザーである。ということは男子中学生だと思うのだが、ひょろっと背丈があって大人びていて、高校生にも見えなくはない。茶髪で耳にはピアスをつけていて、なんとなく不良っぽい雰囲気があるからだろうか。

ミミと尻尾は——ない。

紗月はおそるおそる確認してから、少年を観察することにした。

少年は一点を凝視したまま動かない。そしてまた、パズルでもするかのように本を移動しては直しての繰り返し。その俊敏《しゅんびん》な手さばきは、まるで彼が書店員かのようだ。

「何をしてるんだ」

頭上から低い声がおりてきて、紗月はハッとして振り返った。

影野が不機嫌そうな表情を浮かべて立っていた。

「しっ」

文句を言われる前に、紗月が人差し指を口元にあてて牽制すると、影野はむっと口をへの字に曲げた。

「またおまえは……」

彼の端整な唇から、呆れたような声が漏れてくる。それに、思いっきり侮蔑するような目をしていた。けれど、紗月は構っていられなかった。

「だって、また出たんですよ。本荒らしの怪」

なるべく声のトーンを下げながら声を潜めるが、気勢は止まらなかった。

「だから？　あれほど忠告しただろう。懲りていないのか？」

「そう言うってことは、まさか、あの子もあやかしですか？」

「……いや。あれは人間だろう。匂いがしない」

「あやかしって特別な匂いがするものなんですか？」

紗月は思わず、鼻を啜《すす》ってみた。

「正確には、感じるんだ」

「霊感みたいなものですかね？」

「まあ、そう思っておけばいい」

紗月にはあいにく霊感みたいなものがわからない。影野の澄んだ瞳が、どこか心の中まで見透かしそうな感じがするのも、そういう特異な部分があるからだろうか。

少年はひと回りする頃にはいなくなっていた。ぐちゃっと乱れた本棚を前にして、紗月はうーんと唸る。伊織の件は稀なことだろうし、男子高校生が考えていることは何だろうか。さっぱり見当がつかない。

「わぁ。ひどい」

しばらく目を離したら、売り場が嵐のあとのように荒れていた。

数冊が移動したとか、差し込まれていたとか、そういうレベルではない。

とにかくあちこちが入れ替わっていて、著者別やシリーズ別などカテゴリにわけていた本がめちゃくちゃで、元の陳列の見る影もない。

幸い、本が破れたり汚されたりはしていなかったが、なんとも形容しがたい脱力感がわき起こるのはたしかだ。拘りのある几帳面な影野なら、紗月よりもずっと衝撃的のはずだ。

紗月はカウンターにいた影野を呼び出し、彼の手をぐいぐいと引っ張って売り場に連れてきた。

「ほら、これを見ても気になりませんか？」

「今回はまたずいぶんと派手にやったな」

うんざりとしていた影野も、実際に売り場を見て目が覚めたみたいな顔をする。

やっぱり本があちこち荒らされているのは気に入らないようだ。影野はやや不機嫌そうな顔で、丁寧に直していく。

「……仕方ないな。また来たら、話を聞くことにするか」

影野が渋々といった様子ではあったが、そう促した。紗月も頷いた。

少年の姿は一向に見かけないまま、一週間が経過した。

あれほど毎日降り注いでいた雨がうそのように青空が広がっている。ゆっくりと天に向かうように立ち昇る白い雲が、これからはじまる暑い夏を予期させるようだ。久しぶりに開放した店の中にも清々しい風が吹き込んでくる。心地のいい午後だった。

しかし、気分はすっきりしなかった。

「来ませんね」

と、紗月は店の外へ視線をやり、ぼやいた。梅雨の合間に整理整頓や清掃はだいぶ行き届いたので、今は影野を手伝ってカウンターの側で補修作業をしていた。

制服を着た女子中学生がやってきて、紗月はいらっしゃいませ、と明るく声をかける。すると彼女はにっこりと愛嬌のいい笑顔を見せてぺこりと頭を下げた。セミロングの黒髪にひざよりちょっと上の校則を守ったスカートは真面目な印象を受ける。このところ毎日のように来てくれる女の子だ。彼女が買っていってくれた本を見ると、恋愛小説が好きなようなので、好みに合いそうなものを並べ終えたところだった。

喜んでもらえるといいな、と思いながら、引き続き補修作業を続けていると、本を読み終えた影野がいま頃になって返事をした。

「……来ないならいいだろう。被害がないに越したことはない」

「それは……たしかにそうですけど」

もしかしたらあれで気が済んだのかもしれない。そう考えるのもありかもしれないが、紗月は釈然としないものを感じていた。少年の悩みは解決したのだろうか。

「あれから視えていないか」

影野が控えめに尋ねてきた。彼なりに心配してくれたのだろうか。

「はい。神社に行ったら何かわかるかなって思ったんですけど……」

「やめておけ。いたずらにあやかしの関心を刺激することはないだろう。それから、おまえに言っておこうと思ったんだ。今度、神社で夏祭りがあるだろう？　あれもできたら避けた方がいい」

「えっ……夏祭り行くつもりだったんですけど」

「ああいう人が多いところでこそ、悪さをする者がいるんだぞ」

　と呆れた顔で言われた。

「私、おばあちゃんと約束したんですよ、浴衣を着て見せるって……」

「浴衣を着て見せるだけなら、べつに神社に行かなくても叶うだろう」

　やっぱりこの人に女心をわかれ、といっても無駄かもしれない。

「せっかく戻ってきて久しぶりのお祭りなのに。あ、じゃあ、影野さんに一緒に行ってもらうっていうのはどうです？」

「バカを言うな」

　速攻で一蹴されてしまった。

「自分でも図々しいとは思いましたけど、速攻で拒否らなくたって……」

　期待したわけではないけれど、余韻ぐらい感じさせてもいいのに。

「そこまでする義理はない」

　冷たくあしらわれ、紗月はため息をつく。心配そうに手を握ってくれていた彼はどこへ行ってしまったのやら見る影もない。

もうちょっとでいいから、影野と仲良くなりたいと思っているのだが、彼は相変わらず店主と店員として、紗月と一線を引いているようだ。

紗月が沈んでいると、影野はきまりわるそうに、ちらりとこちらを一瞥した。

「……何も進んで怖い想いをしに行くこともないだろう？　あのとき、おまえは自分がどんな状態だったかわかっているのか？　何度もああいうことがあると迷惑だ」

そう突き放しつつも、声は穏やかだった。というよりも、呆れきっているのかもしれない。彼が言うように迷惑になるようなことは避けるべきだ。

「……それでも、神社には行きたいんです。どうしても気になることがあって」

そう言いかけたとき、女子中学生が一冊の本を持ってやってきた。

紗月は声をかける。すると女子中学生は小さくこくんと頷く。彼女はいつも何も言わない。恥ずかしがり屋なのかもしれない。

「お決まりですか？」

受け取った本のタイトルは『ハゴロモ』。二〇〇六年に発行された、よしもとばななの恋愛小説である。

彼女の好みに合いそうなものを……と思っているうちに、紗月が自分の趣味で選んだ本も幾つか並べていたのだが、そのうちの一冊だった。

『ハゴロモ』は、失恋の痛みを抱えながら、都会の疲れを癒すべく、ふるさとに舞い戻ったほたるという女性が主人公だ。大きな川の流れる町で、これまでに失ったもの、忘れていた大切な何かを取り戻していく中で、ある青年と出会う。物語のキーとなるのは冷えた手をあたためた小さな手袋。そして、人と人との不思議な縁にみちびかれ、次第によみがえる記憶――。

まさに紗月の今にぴったりの本だと思ったのだ。女子中学生がこれを選ぶとは意外だった。もしかしたら彼女と趣味が合うかもしれない、と考えると、胸が弾む。

「気に入っていただけそうですか？」

紗月がにこやかに問いかけると、またも彼女は気恥ずかしそうに、でも嬉しそうに微笑んだ。つられて紗月も頬が緩む。影野は相変わらず何も言わなかったが、『ハゴロモ』の葉の形をデザインした本を眺めながら、思慮深げな表情をしていた。

「ありがとうございました。またお待ちしています！」

気分よく見送ったあと、さっそく空いた棚を整理してこようとすると、影野から声をかけられて足が止まる。

「さっきの、何が気になるんだ」

そう言われて、紗月は直前まで話をしていたことを思い出した。影野が固執するのは珍しい。もしかすると、彼はまた紗月が何かをやらかさないか心配で聞いておきたいのかもしれない。それは別として、紗月は素直に口を開いた。

「私、何か大切なことを忘れている気がするんです」

紗月は夢の中に現れた男の子のことと、祖母に呼ばれた「さっちゃん」という呼び名が気にかかった。幼い頃にそう呼ばれていたのだろうか。「紗月ちゃん」としか呼ばれたことがないからびっくりした。これも紗月が忘れているだけなのだろうか。だんだんと鮮明になっていく夢のことを考えると、もしかしたら神社に行くことが、呼び水になるかもしれない。そんなふうに思う。

「白銀に言われたことか？　あいつに挑発されたんだよ。面白がられただけだ」

影野はさらっと流す。それでも紗月はもやもやしたまま納得がいかなかった。見て見ぬふりをする。それで本当にいいのだろうか、と自分の心に疑問を投げかける。

「それだけじゃないと思うんです。それに、おばあちゃんがよくなるようにお参りもしたかったから」

「紗月……」

思わずといったふうに影野が何かを言いかける。紗月が弾かれたように彼の顔を見ると、考え込むように黙り込んでしまった。

「言いたいことはわかっています。たしかに危険があったらみんなに迷惑かけちゃうわけだから、残念だけど……自重しますよ」

「ああ、そうしろ」と影野は言った。

紗月はそれでも頭の中では考えてしまう。あやかしが視える人間であることに自覚はないし、今でも夢のような気持ちでいる。けれど、あのモフモフとした感触は紛れもなく本物だった。

いたずらな妖狐、白銀の術や行動にはもちろん戸惑ったが、伊織が狛犬のあやかしだと言われてもピンとこないからか怖いとは思わなかったし、また会えるのなら会いたいぐらいだ。そんなことを言ったら叱られるだろうか。

「狛犬のあやかしだっていう伊織くんは危険な感じじゃなかったですけど。今もまだ信じられないぐらい……ミミやシッポが見えなかったら外見だってあやかしには思えないし、性格もちゃんと人間ですよね」

「ああいうやさしいのは稀だ。狛犬の場合は神社にいるのが退屈になって、ちょっと外の世界に憧れてみたぐらいだろう」

まるで見て聞いたかのような口ぶりだ。たしかに伊織から聞いた話を思い浮かべると、当たらずとも遠からずではあるが。

「影野さんも、伊織くんから事情を聞いたんですか？」

「聞かなくても、だいたい想像がつく」

影野は余計なことには答えない。だから紗月は質問を変えた。

「じゃあ、妖狐の白銀さんは？」

そう問いかけると、影野の表情が強張った。

「あいつはもう何千年も生きている。永い時間、狛犬よりも考えられないぐらい退屈を持てあましているやつだ。視える人間がいて構ってもらえるのが嬉しかったんだろう。いたずらで済んでいるうちはいいが、人に化けて魂を抜く厄介《やっかい》な狐もいるから、気をつけた方がいい」

　魂を抜かれる、などと物騒なことを聞くとやはり怖い。人ならざる琥珀色の瞳に見つめられたとき、紗月の身体は動かなくなった。あらためて考えるとやはりゾッとする。

「知り合いだって言ってたから、てっきり仲良しなんだと思っていました。影野さんが視える人だから寄ってきたということですか？」

「あれのどこが仲良しに見える？　好き勝手まとわりついているだけだ。おまえも言いくるめられたんだよ。何でも首を突っ込む好奇心は殊更によくない。そういうのが、かっこうの餌なんだ」

　影野は白銀の態度を思い出したのか、憤慨したように言った。そして、やはり真相に触れそうな問いには答えない。なんかごまかされている気がする。釈然としないでいると、影野の視線が紗月の肩越しに抜けた。

「来たぞ」

　紗月は弾かれたように振り返ろう——としたが、影野と視線を合わせるだけにとどめた。こちらが異変に気づいたことを悟られれば、少年はきっと逃げ出してしまうだろう。あくまで話を聞きたいのだ。捕まえたいわけじゃない。

「しばらくしてから見に行け。俺はおまえのあとすぐ出ていく」

　影野はそう言って、少年のいる方へ顎をしゃくった。

「わかりました」

紗月は頷き、伊織のことを見つけたときみたいに、本の整理をしながら少年に近づくことにした。

少年は書架の前に陣取って、パズルでも解くようにてきぱきと本を動かす。しかし楽しんでいる様子だとか悪意をもって荒らしているというふうには見えない。時々手元を休めては悩んでその繰り返し。

いったい何が目的でこんなことをしているのだろう。

どう声をかけようかと考えあぐねていると、「おい」と低い声が前から響いてきた。

影野が、向こう側から挟み撃ちするように、少年の目の前に立ったのだ。

「店の中で、何をしている」

（えぇっ!?　直球すぎる！）

紗月はぎょっとして慌てて近づいた。少年は自分の後ろからやってきた紗月にも気づく。退路を失った少年は焦った様子で、両手を挙げて投降のポーズをとる。

「ま、待ってください！　俺は別に、何か悪いことをしようとかそういうんじゃないんだ。これには色々と訳があって……」

少年の名前は、早瀬《はやせ》晄《あきら》。透馬村の中学二年生だそうだ。彼は訥々とだが、事情を打ち明けてくれた。

「実は、もうすぐ好きな子が転校するんです。彼女がこの村からいなくなっちゃう前に、気持ちを伝えようと思っていたんですけど……うまくできなくて」

晄がそこまで言いかけると、影野が口を挟んだ。

「そうか。悶々とした思春期の悩みを本を荒らすことで晴らしていたということか？　恋愛指南書なら、向こうだぞ」

ああ、もうなんでこの人は歯に衣を着せぬ言い方をするのだろう。立派な着物を召しているくせに。もうちょっとデリカシーのある言い方をすればいいのに。せめて最後まで聞いてあげたらいいのに。

紗月はハラハラしながら、とりあえず見守ることに徹する。

「違うんだ！　あーなんていうか……」

晄はもどかしそうに声を荒らげ、きまりわるそうに頭を掻いた。彼の薄茶色の髪がぐちゃぐちゃになり、左耳のピアスがきらりと光る。彼の頬は、ほんのり紅潮していた。

「俺の好きな子が……ここの、鴉翅堂書店によく来るらしいんだ。それで……なんか、ここできっかけを作って彼女に伝えられることがないかどうか考えていた。直接、彼女に告白しようと思ったけど、なんか面と向かうと言えないし……手紙に書こうとしたけど、やっぱりうまく書けなくて。それで、なんか他にいいアイデアはないかなって悩んでいたんだ」

「彼女にお薦めの本をあげようと思ったとか？」

紗月が尋ねると、晄は即座に首を横に振った。

「それはないかな……きっとバカな俺よりも頭のいい彼女の方が詳しいから」

「じゃあ、どうしたいんだ。本を雑に扱う理由にはなってないぞ」

影野が落ち着いた声で晄を追及する。

「彼女、生まれつき耳が聞こえないらしいんだ。俺、物覚えがよくないからさ、手話はなかなか難しくて、彼女が何かを言いたがっているときは口の動きとか、文字で書いてもらってたんだ。でも、転校するって聞いて、なんとか手話もがんばって覚えたんだ。でも、緊張で多分うまく伝えられないと思ったからさ……」

語ってくれる本音に、彼のしたかったことが閃く。

手話を習い、また、他の方法では、口の動きで言葉を伝えようとする方法も学んだ。手紙だって書けるだろう。二人のやりとりは文字を書くことで伝えられたかもしれない。それでも足りないぐらい彼女が大好きだという気持ちをもっと鮮明に伝えるにはどうしたらいいか彼は考えたのだ。

そうだ。晄がしたかったことはきっとそうだ。

「わかったわ！　本のタイトルの頭文字を並べて、それを文章にしようとしたのね。だから、バラバラのジャンルの本が並べられていたんだ」

紗月が言い当てると、晄はますます恥ずかしそうに顔を染めて、ため息をついた。

「いい迷惑だな」と影野は一蹴する。

「そんな冷たく言わなくたって！　一生懸命に考えた、素敵な告白じゃないですか」

紗月は晄を気にしつつ、影野を宥める。

「いいんだ。店主さんの言うとおりだよ。必死すぎて、店の迷惑になることを考えていなかった俺が悪いんだ。ほんと、すみませんでした！」

晄は真実を打ち明けたことですっきりしたのだろう。今度は潔《いさぎよ》く頭を下げた。見かけは不良っぽいけれど、一生懸命に想いを伝えようとする純粋さがあるようだし、根はまじめな人間なのではないだろうか。

なんとか彼の力になってあげたいのだが、影野がきっと許しはしないだろうと思うと、はがゆい。

「途中でやめるのか？」

影野の意外な一言に、紗月は驚いた。

「え？」と晄は戸惑ったような顔をする。

「中途半端に荒らされたら迷惑だ。やろうと思ったことを最後までやれ。そしたら、その理由もきちんと意味のあるものになる」

影野はそう言い、一冊の本を晄に手渡した。

タイトルが剥がれて見えない状態の、菫《すみれ》色の装丁の本だった。ハードカバーで手帳サイズのそれは模様からしておそらく現代風の和歌集と思われる。紗月も実は前から気になっていた本だ。少年が表紙を開いたので、一緒に中を覗き込んでみる。中表紙には夜空に美しく舞う蛍の絵が描かれ、行書で描かれた和歌と、その現代語訳が水彩画と共に掲載されていた。

「え、あの……すげー難しそうな古い本ですけど、これは？」

晄がおっかなびっくりといったふうに本を持ったまま、影野を見上げる。勉強があまり得意ではなさそうな少年からすれば、たしかに戸惑うだろう。

「何も難しい内容ではない。訳文は書かれてあるから読んでみるといい。彼女への想いが本物ならば、それを読んで出直してこい。ちゃんと責任をもって遂行するなら、場所はいくらでも貸してやる」

影野はそう言い、返品は受け付けないといわんばかりに着物の袖に腕を隠した。

「そうだよ。私も応援するから、がんばって！」

「ありがとうございます！　今度はちゃんとびしっと決めますから、俺！」

少年は瞳を輝かせて言い、何度も頭を下げて、店から出ていった。

二人になってから、紗月は影野の真意を尋ねた。

「あの本は、どういう意味であげたんですか？　蛍に纏《まつ》わる恋文の歌でしょうか？」

「あげた……か。そういえば、金をもらうのを忘れたな」

影野は紗月の質問には答えず、思い出したかのようにそう言った。ちょっと白々しい。もらう気なんて元々なかったのだろう。

「青春は短い。夏の世に舞う蛍の命もな。うかうかしているうちに、他の男にとられるがいいのか？　っていう脅しのようなもんだ」

と影野は言った。相変わらずの冷ややかな物言いだ。でも、彼の言葉の奥にはたしかに温もりがあるのだ。見た目で判断してはいけないというのは、影野についても当てはまることかもしれない。

「……やろうと思ったことを最後までやれ。そしたら、その意味もきちんと意味のあるものになる――」

紗月が影野の口調を真似て復唱すると、彼は思いっきりいやそうに渋面を浮かべた。

「人真似とは、悪趣味だな」

「こっちのセリフですよ。何でもないような顔をしてるくせに、ほんとうは気になるんじゃないですか。だったら最初から、いじわるしちゃだめですよ」

言い当てられたのがきまりわるかったのか、影野はふいっとそっぽを向いた。

「べつに。じれったくなっただけだ。後悔の念を残されたままじゃ敵わない。事が済めばもう荒らされることはなくなるんだからな」

そっけなくそう言うけれど、影野がほんとうはやさしい人なのだと紗月はわかっている。本当に他人に無関心だったら、少年が望んでいることを励ますような本をわざわざ薦めたりしないはずだ。

「ふふ」と紗月は思わず笑ってしまった。

「何を笑ってるんだ。気味が悪いぞ」

じろりと咎められたけれど、紗月はそれでも構わなかった。

「いつか、私にもぴったりの本を処方してくださいね」

紗月がそう言うのを、影野は聞こえているくせに知らんフリをして背を向けた。

（私が望んでいるものって……何なんだろう？）

何を望んでいるのか、強く想うものがない人間には、彼は処方することができないと言った。

たしかに今の紗月は宙ぶらりんで曖昧なままだ。自分がどう在りたいのか、どう生きていきたいのか、定まっていない。それから、時々夢の中に出てくる少年との約束、あれが何を意味しているのかが気になって仕方ない。いつか答えが見つけられるだろうか。

（それにしても、本のタイトルを使って告白かぁ……素敵ね）

まずは自分のことはおいておこう。少年が伝えたい言葉がきちんと好きな子に届くといい。望むように縁が繋がるといい。

そう願いながら、紗月は張り切って仕事に戻るのだった。


「こんにちは」

午後六時半、晄が制服のままやってきた。

「いらっしゃい。今日こそは実現できるといいね」

紗月は笑顔で晄を出迎えた。晄は申し訳なさそうに頭をかく。実は、あれから毎日顔を出して、おめあての彼女を待っているのだが、なかなか来なくて不戦敗が続いていたのだ。

「今日も場所を貸してください。よろしくお願いします」

礼儀正しく頭を下げて、晄は恋愛小説コーナーの棚に向かった。お目当ての彼女が下校時間に来るのを見計らって、晄は自分が伝えたいメッセージを棚の端から端に並べていたのだ。日にちが過ぎれば、幾らかの客によって棚が移動してしまう。それを直しつつ、晄はスタンバイする。

毎回覚悟を決めて来ているものの、やはり緊張してたまらないという表情をしていたので、紗月はさっそく手話を使って励ました。

「大丈夫。私、手話を覚えてきたの。彼女が来たら教えて。案内役としてフォローするから」

そう、実は、紗月はこの一週間で手話を覚えていた。その習得の速さに、影野は珍しく感心して褒めてくれた。無論《むろん》、「おまえにも特技があるんだな」と皮肉っぽい言い方ではあったけれど。

晄はびっくりしたように、そして感動したように瞳を輝かせた。

「俺のために……そこまで……ありがとうございます。それから、店主さんにいただいたあの本も読みました。おかげで、吹っ切れたっていうか、踏ん切りがついたっていうか、勇気が出ました」

するとどこからともなく冷ややかな声が。

「礼は成功してから言うんだな。そしたら餞別《せんべつ》代わりということにしておいてやる」

影野は相変わらずだ。けれど、彼なりのエールなのだと紗月にはわかる。

そして時計はついに午後七時を回り、緊張感に包まれる。今日こそ来てほしい、紗月が祈るように願っていると、一人のお客がやってきた。髪の毛を二つに結んだ、色白の愛らしい女の子……いつも恋愛小説を買っていく女子中学生だった。

紗月はいつものように笑顔で「いらっしゃいませ」と声をかける。すると恥ずかしそうにこくんと彼女は頷いた。

(あ、もしかして……)

彼女はいつものように恋愛小説コーナーに行く。すると、そこにいた晄が慌てふためいたのが見えた。彼女もまた驚いた様子で、『どうしてここにいるの？』と晄に手話で尋ねている。

(やっぱり、そうだったんだ……)

そういえば、彼女はいつも喋らずに頷くだけ。恥ずかしがりやなんだなと思っていたけれど、そうじゃなかった。耳が聞こえないから喋れないのだ。

「今日、実はここに君が来るのを待ってたんだ」と晄が切り出すと、彼女が首を傾げる。

「どうしても君に伝えたいことがあるんだ。ここで……見ていてほしい」

紗月はドキドキしながら、影野と一緒になって少し遠いところから見守ることにした。女子中学生が選んだ『ハゴロモ』の本のように、晄が彼女の運命の相手であったらいいと心から願う。

（晄くん、がんばって……！）

晄は深呼吸をして、用意していた本を、また一冊ずつ丁寧に動かして彼女に伝わりやすいように並べはじめた。最初に見かけたときはなんとなく考えてみて動かしていただけだったのかもしれない。けれど今はあのときとは比べ物にならないほど丁寧に心を込めるように、頭文字がメッセージになるよう左端の棚から一冊ずつ横並びに並べていく。

一方、彼女は晄のしたいことがよくわからないといった顔をし、彼の手元を視線で追っていた。しかしその表情はだんだんと変わっていく。彼女は視線を左から右へと動かしながら、晄の真剣な表情を見つめる。そして意味が伝わったのだろう。自分の口元に両手をあてがい、驚きを隠せないような顔をした。

晄は、最後のパズルを完成させるかのように『大』の大きな見出し文字からはじまる本のタイトル、次に『好』からはじまるタイトル、そして『き』からはじまるタイトル『だ』からはじまるタイトルの本を揃えた。

『キミと出会って、毎日が、うれしくて、たのしくて、一緒にいられて幸せだった。

もうすぐキミは転校しちゃうけど、俺のことをずっと、わすれないでいてほしい　キミのことが大好きだ』

彼女の頬がほんのりと薄紅色に染まり、大きな瞳からはたちまち涙が溢れる。

「わっ、泣かないで。えっと、ハンカチ、持ってたっけ？」

晄が焦ったようにハンカチを捜しているが見つからない。するともどかしげに彼はそのまま彼女の頬に触れ、直接指で拭ってあげた。

「俺のわがままに付き合ってくれて、ありがとう」

晄がそう伝えると、彼女がゆっくりと手話で何かを伝え、本に並んだ文字をそっと指でなぞった。紗月は遠くから彼女の手話のメッセージを読みとった。

『ありがとう。私もあなたと一緒に過ごせた時間が、とってもとっても幸せだった。ずっと一生忘れないわ。私もあなたのことが……大好きです』

晄の表情がたちまちぱっと明るくなり、「よかった……ぁ」と思わずといったふうに声をあげた。

二人の幸せそうな表情が微笑ましくて、こちらまで胸がいっぱいになる。

（ほんとうに、よかった……）

紗月は、影野を見上げて、彼の表情からたちまち目が離せなくなった。

彼の目を細めるようにして見守る表情が、どこか懐かしさを感じさせるのだ。そして、晄と彼女がうまくいったのを見届けあとに、ふんわりと浮かんだ笑顔に、紗月はどきっとする。

（影野さんがこんな顔をするのは……初めてだ）

影野にも、大切に想っている人がいるのだろうか。そう思ったら、胸の奥がちくっとした。寂しいようなもやもやするような、説明のつかない感情がわきあがり、自分自身に戸惑う。どうしてこんな気持ちになるのだろう。

「あれ……？」

紗月は目の前の異変に、思わず目をこすった。

晄の隣に並んでいる彼女の身体の向こうに景色が見える。つまり彼女自身が透けているのだ。

（どういうこと……？）

「あの子は、蛍のあやかしだ」

それを聞いて、紗月は弾かれたように影野を見上げた。

「え？　あやかし？」

「おまえが怖がると思って、言わなかったが……」

と、影野は言葉を濁す。

「待ってください。蛍のあやかしっていうことは、それじゃあ、彼女は……」

時間がないと切羽詰まったように焦っていた晄のことが思い出される。たとえば転校してしまって離れるのは寂しいけれど、連絡先さえわかれば、また約束をして会えるのではないだろうかと思わなくもなかった。

けれど、そうではない。永遠に――そこまで考えて、紗月はショックで立ち尽くす。

晄はあんなに一生懸命、伝えたのに。彼女もあんなに喜んでいるのに。

「彼女が転校すると言ったのは、口実《こうじつ》だろうな」

影野は静かにそう言った。労わるような声色だった。

つまり、彼女は転校するわけではなく、蛍の寿命が尽きる頃には消えてしまう運命にあるということだ。彼女の瞳から溢れ出た涙の意味が、今、よくわかった。そして、彼女が『ハゴロモ』の本を選んだ理由も、もしかしたら自分に重ねていたのかもしれない。

一瞬、一夏だけの恋――

紗月は晄と彼女のことを思うと、心臓をぎゅっと掴まれたような気持ちになった。

「悲しむことはない。かえって心残りがなくて済む」

「でも、晄くんの方は……」

「大丈夫だ。彼は忘れるよ。あやかしが黄泉に行く頃には、記憶から消えているだろう。そして何事もなかったかのように……人間の時間は過ぎていくんだ」

「そんなのって……」

あんまりだ。その言葉が喉の奥に張り付いて出てこない。

「紗月」

顔をあげると、ぽんと宥めるように頭を撫でられた。

「一瞬、だが、一生だ。生きる時間の違う人と、同じ時間を共有して、生をまっとうできることは、あやかしにとってこの上ない幸せなことなんだよ。何も残らないで散ってしまう命より、ずっと意義があったんだ」

影野に諭され、紗月は思わず彼をじっと見つめた。彼の一言、一言には、深い意味が込められているように感じる。少し悲しげに伏せられた瞳には、何か穏やかな光が灯っている。

「晄くんの頑張りが……彼が忘れてしまっても？」

「記憶がなくなっても、魂が憶えている。だから意味がなかったなんてことはない。そしていつか——少年がまた恋をしたときに、誰かを愛した記憶が、誰かをまた幸せにするかもしれない。そして、まっとうできた蛍はいつかまた生まれ変わってめぐりあうかもしれない。両者にとって幸せな結末だ。おまえは喜んでやっていいんだよ」

紗月は、影野が和歌集を少年に薦めた本当の理由がようやくわかった。少年が告白することへの単なるエールなのではなく、ほんとうに今しかない、一瞬すらも見逃せない、一生に一度……そのときを見過ごさずに頑張れ……そういう意味が込められていたのだろう。そう思ったら、たちまち胸が熱くなった。

晄が頭を下げて彼女と一緒に商店街を去っていく。

「あ……」

二人をしばらく見送っていたら、ふわり、と蛍の光が舞っていた。

もしかしたら仲間たちも祝福してくれていたのかもしれない。

全力で想いを伝えようとする。命懸けで恋をする。脆く儚い存在なのに、なんて強い生命力なのだろう。

「私も、また恋がしたいな。今度こそ、一生に一度って思えるような恋」

紗月は思わず呟いた。影野は何も言わない。けれど、彼がただ側にいるだけで、泣き出しそうだった気持ちが自然と落ち着いていく。

蛍のやわらかな光のおかげなのか、いつもよりも影野がやさしい気がする。さっきのあの表情といい、彼も誰かとせつない恋を経験したことがあるのだろうか。

彼の澄んだ瞳を見つめ返して、紗月は不思議な感覚を抱いた。

こんなふうに、誰かと一緒に過ごしたことがあった気がしたのだ。

いつ、誰と、それが思い出せない。あんまり考え込みすぎると、こめかみのあたりが重たくなり、苦しくなってくる。

(まただ、これ以上は……思い出せないサイン)

いつになったら思い出せるのだろう。もうずっと思い出せないのだろうか。もどかしく思いながら、ふうっと息を吐いた。

「どうした?」と影野が心配そうに顔を見つめてくる。

「いえ、影野さんの意外な一言が、色々考えさせられるなぁって思ったんですよ」

紗月は今までの自分のことを振り返った。何かあったら泣いて逃げてばかりだった。ただ楽な方に身を委ねるだけで、本当のことが見えていなかったかもしれない。目に見えないものこそ大事で、それを形にすることがまた大切であったのに。

——大事なことは後悔しないようにちゃんと伝えないといけない。

自分に足りなかったことの意味が今日やっとわかった気がする。今度、恋をするときはちゃんと本音を伝えよう。自分が思っていること、感じていること、大切なことを見過ごしてしまわないように。

もしもこの胸の中にこみ上げる気持ちが、いつか形になることがあったら、迷いなく告げよう。そう思いながら、紗月は影野を見上げる。彼もまた視線に気づいて紗月を見つめた。その瞬間、どくんと鼓動が高鳴り、耳の側に熱がじわりと這いあがってくるのを感じた。

(私、これからも鴉翅堂書店にいたいな……影野さんと、一緒に……)

自然と溢れてくる想いに戸惑い、恥ずかしく思いながら、紗月は影野に微笑みかけた。すると、影野が不意をつかれたように眉を寄せる。

「なんだ。急に」

「いえ、私、どこか逃げ道を捜して地元に帰ってきたんです。でも、ここにいると、お客さんと一緒に大事なことを見つけられる気がします。ここで働けてほんとうによかった。影野さん、ありがとう」

そう、鴉翅堂書店に勤めはじめてから、大切なことを教えられている。

「やたら素直だな。季節外れの雪が降ると困るぞ」

「影野さんも、たまには愛嬌を見せたり、素直になってみたりしたらどうですか？」

「余計なお世話だ。店じまいするぞ」

影野はそっけなく言って、店の方に戻っていく。

この間、紗月が「いつか私にもお薦めの本を処方してください」と言ったこと、彼は覚えているだろうか。彼が薦める本は、お客が潜在的に悩んでいることを解決できるように導いてくれる。

もしも処方してくれるとしたら、どんな本を選んでくれるだろうか。そのことに、とても興味がわく。そうだとしたら、自分が探し求めている本当の願いは何だろう。紗月自身にもまだ見えてないことを、影野なら理解してくれるだろうか、と。

店に戻ったあと、眺が忘れていった和歌集を見つけて、紗月は中表紙の蛍の絵を眺めつつ、一ページ目を捲った。そこにはこんなふうに書かれてあった。

さゆり葉の　しられぬ恋も　あるものを　身よりあまりて　ゆく蛍かな

——藤原定家

「古文の時間に勉強した気がするんだけど、どういう意味だったかかな」

紗月の呟きに続くように、影野の低くて甘い声が重なった。

「夏草の繁みにひっそりと咲く小百合の花のように、人に知られぬ恋もあるというのに、激しい情熱が身から溢れんばかりに飛んでゆく――そういう蛍の様子を恋心に見たてて、詠んだものだ」

「やさしくて、せつない歌ですよね」

影野は頷くこともせず、本に綴《つづ》られた文字を目で追っている。

和歌の下には、蛍の想いを代わりに綴った著者の返歌《へんか》が掲載されていた。

【どんなにあなたへの恋心を抑えていても、溢れてくる想いは止められそうにありません。あなたに身を焦がしているこの想いの何もかもを、すべて打ち明けてしまいたい。瞬きする間に消えてしまう身でも、この想いを伝えてもいいでしょうか】

(これは、まさに蛍のあやかしの気持ちみたいだ)

紗月は文章を指でそっとなぞりながら、耳の聞こえない女子中学生の姿をしていた、蛍のあやかしの、身を焦がすような恋に胸を震わせた。

(もしかして、女子中学生の姿になったのも、晄くんに会いたかったからなのかな……)

「影野さんは前に、生をまっとうすれば幸せだって、記憶が消えても魂が憶えているって言ってたけど、答えは一つなのかな？」

紗月はぽつりと呟く。そして感じるままに影野に想いをぶつけた。

「私は、一緒に生きたいって思うし、記憶から消してしまいたくないです」

そう思うのは紗月が記憶を喪失しているからだろうか。

ついむきになって訴えると、影野の瞳が僅《わず》かに揺れた気がした。

「影野さんだったら、どうしますか？」

「俺は……さあ、どうだろうな」

影野はそう言ったきり、本を閉じてしまった。

「あ、この和歌集をもうちょっとだけ読んでもいいですか？」

「好きにしろ。今度、またあの少年が来たときに、おまえから渡すといい」

影野がこの本を選んだのは、どんな想いがあったのだろうか。出会ったときから、彼はまるで相手のすべてを知り得ているみたいだった。

白銀をはじめとするあやかしに関わりがあるから、ただそれだけなのだろうか。

遠くを見つめていた影野の様子が、いつまでも紗月の頭の中にこびりついて、なかなか離れてくれなかった。


夏祭りの日の夜、紗月は帰宅して夕飯を食べたあと、退院した祖母にさっそく浴衣を着つけてもらい、久しぶりに家族団らんの楽しい時間を過ごしていた。

しかし祭囃子《まつりばやし》の音が聞こえると、どうしても気になってしまうし、このまま浴衣を脱ぐのももったいなく感じる。

（神社に近づかなければいいよね？）

「私、ちょっとだけお祭りの様子を見てくるわね」

テレビを見ていた祖母と母に声をかけて、紗月は草履に足を滑らせた。

夏は日が長い。夕陽が落ちたものの、まだ夜空というには明るいぐらいの菫色に、淡い月が浮かんでいた。あぜ道を歩いて、ゆっくりと赤い鳥居を目指し、透馬山の麓に続いている透馬山神社へと向かう。提灯《ちょうちん》が揺れているのが見え、着物姿のカップルや家族連れの姿が行き交っている。ちょっとだけ露店の様子を見るつもりが、だんだんと吸い寄せられるように神社へと進んでしまう。

（少しだけだったら、いいよね？）

そう言い聞かせながら、紗月は夏の風流《ふうりゅう》を感じながら、歩みを進めた。

紗月の浴衣は、藍色の生地に薄紫やピンクの牡丹《ぼたん》と芍薬《しゃくやく》の花模様が入っていて、帯は藤色を合わせた。美容室に行っている時間はなかったので、髪はアップに結い上げて、そこに花がついた簪《かんざし》を差し込んである。いつもよりグンと大人っぽく、だが可愛らしさも損なわないような雰囲気になっている、はずだ。

こうして出てくるんだったら、せっかくならネイルも綺麗にデコレーションしたかったなぁと思いながら、慣れない草履を鳴らして歩く。

赤い鳥居に近づくにつれ、神社の表参道へと続く長い階段が見えてくる。その手前に、見覚えのある人物が佇んでいた。

向こうも紗月に気づいたのかこちらを振り向く。その瞬間、一気に鼓動が跳ね上がり、心臓が飛び出してくるのではないかと思った。

「か、影野さん!?」

影野はいつもどおり黒っぽい着物を着ていて、何の違和感もない。が、お祭りを楽しもうという空気ではない。

「びっくりです。まさか、ここにいるなんて」

おずおずと近づくと、影野が呆れたように言った。

「おまえを待っていたんだ。こうなるだろうと思ったからな」

またしても行動を読まれてしまい、紗月は言葉に詰まる。

「だって、祭囃子の音が聞こえたら、気になるじゃないですか。こんなに素敵な浴衣を着せてもらったんだもの、すぐに着替えたらもったいないし……」

「それで、屋台だけならいいかと思って様子を見てみようと思ったものの、我慢しきれなくて、か」

「……はい」と紗月は肩を竦める。このまま帰れと言われるのかと思って覚悟を決めた。しかし、影野は何かを言いかけた言葉をのみ込み、紗月を眺めるようにして見つめた。

「……人間も化けるものだな」

「やだ、らしくないですね。社交辞令はいいですよ」

照れくさくて、紗月は自虐的に言い返すのだが、

「今のが褒め言葉だと思うのか？　ま、前向き思考と捉《とら》えておくか」

と嘲笑《ちょうしょう》され、紗月は顔を赤らめる。

「もう、そうやって落とすくらいなら、中途半端な発言は控えてくださいよ」

紗月がじゃれつくが、影野は知らんぷりだ。そして、「行くぞ」と階段の先を顎でしゃくった。

「え？」

「少しの時間なら、付き合ってやる」

紗月は不意を突かれて、しばしぽかんとしていたが、

「行かないでいいなら、それでいいが……」

やめようとする影野に、「行きます！」と勢いよく返事をして、慌てて付き従った。

しかし鳥居をくぐった先の、何百段もの階段を見上げて紗月は思わず嘆息する。祖母とよくお参りに来ていたらしいが、小さな頃、よくこんなところを登っていたな、と感心する。

「境内までの階段がけっこう長いんですよね」

左右に提灯がぶら下がってゆらゆら揺れている様は、夏祭りの雰囲気たっぷりで風

流だ。まばらではあるが、みんな楽しそうに石段を登っていた。

紗月も影野に続いて石段を登るのだが、なにせ浴衣だから歩幅が狭く、ゆっくり歩くしかない。影野の姿が少しずつ離れていってしまう。たまに後ろを振り返ってくれるのだが、それでも普段と違って歩きにくい。必死に登っていると、子どものけたたとした笑い声が聞こえ、紗月はその方向に気を取られる。すると、そこに視えたものにぎょっとした。のっぺらぼうがいたのだ。

「きゃあっ」

慌てて逃れようとしたら、草履を躓《つまず》かせて前のめりになりそうになる。

その瞬間、ぐいっと二の腕を引っ張られ、すんでのところで事なきを得た。影野が助けてくれたのだ。

「あ、ありがとうございます。い、今っ……顔が、顔のない……のっぺらぼうがっ」

あわあわ説明していると、影野がそら見ろと言わんばかりに見下ろしてきた。

「だから言ったんだ」

「今のはいったい……」

「おおかた、小狸《こだぬき》だろうな。からかっただけだ。安心しろ」と影野は動じない。紗月はしがみつくようにしてなんとか腰が抜けた身体を持ち上げる。すると、影野の浴衣の衿元が開いて、男らしい胸板がちらちらと見え、ほのかに薫る香の匂いにくらくらした。

（こっちはこっちで困る……！）

意識して顔が見られずにいると、影野がため息をついた。

「この場合は仕方ないから許せ」

「え？」

手を繋がれてしまい、影野は再び歩き出す。

「ゆっくりでいい。引っ張ってやるから前を向いて歩け。周りの人間から見たらおかしな奴だと思われるぞ」

「は、はい……」

（どうしよう。これってなんかデートみたい）

紗月は胸の奥が熱くなるのを感じながら、影野の手をきゅっと握り返した。

（影野さんが、手を繋いでくれるなんて……夢、じゃないよね？）

緊張するあまり、だんだんと手のひらが汗ばみはじめる。放した方がいいのか、このままでいていいのか悩みながら石段を登り続けているうちに、いつの間にかゴールが迫っていた。やっと境内につく頃には、すっかり息があがって苦しかった。

影野はというと、汗一つ流していない。

今、登ってきた方を振り返ってみると、透馬村が一望できて、清々しい風が額ににじんだ汗を冷やし、心地のいい夏独特の若草の匂いに癒される。

（もしかして……）

と、紗月は影野の横顔を見つめた。彼は、最初から連れて来てくれるつもりだったのではないだろうか。あんなふうに待ち伏せされると、そんなふうに期待を抱きたくなる。普段はそっけないくせに、いつも影野はどこかやさしいのだ。それを知ってしまうと、胸の奥がざわついてたまらなくなる。

さらに、繋いだ手を見たら、ますます鼓動が速まった。ドキドキと耳まで心音が伝ってくる。息が苦しいのは、多分、階段をあがってきたせいじゃなく……仄かに灯りはじめたこの想いのせいのような気がした。

本堂のすぐ手前に、奉納《ほうのう》と書かれた石の上に鎮座《ちんざ》している左右対称の狛犬の像を見て、紗月は足を止めた。影野もつられて振り返る。

「そういえば……伊織くんは、どっちなんだろう」

紗月のいる右手にいた狛犬の像を思わず撫でると、影野が先を急かした。

「狛犬の像はあくまで依代《よりしろ》だぞ。実際の姿とは異なる。それと同じで、人に化けた姿も、幻のような存在にすぎない。あまり思い入れしないでおけよ」

「ここに来たら会えるのかなって思ってたけど、東京にいるんですもんね。もう一体もあやかしになっているのかな？」

「ぐずぐずしていないで、行くぞ」

ぐっと手を引っ張られ、紗月は慌ててついていった。

「あ、待ってください」

二人して本堂の前に並び、お参りする順番を待つ。

「おまえは、何を願うんだ」

「私は……っと、言ったら叶わなくなってしまうから、秘密です」

紗月が思わせぶりに言うと、影野はこちらを見て、「そうか」とだけ一言。そのとき、影野の顔が二重ににじんで見え、紗月の視界が歪んで霧のようにぼやけた。

（あ……っ）

脳内に断片的な記憶が蘇ってくる。前にも感じた、ノイズが走る。昔のテレビの砂嵐の画面がざーっと映ったような感じだ。

そして、鼓膜に蘇ってくる声――

『約束？』

『そう、約束だよ。忘れないで』

――え？

紗月は思わず目を瞬かせ、きょろきょろと辺りを見回す。うたた寝をしているわけでもないのに、夢で見たのと同じ声や景色が蘇ってきたのだ。

ハッとして前を向くと、既に影野は本堂に向かって手を合わせていた。

今のは、いったい何だったのだろう。茫然としていると、影野が振り返る。今しがた見た、夢の中に出てくる少年の面影に重なり、どきりとした。

「紗月、うしろがつかえているぞ」

影野に注意され、紗月はうしろに並んでいた家族連れに慌てて謝った。

「あ、ごめんなさい。すぐに……」

お賽銭を入れて、手を合わせる。

（おばあちゃんがよくなりますように……それから、影野さんともっと仲良くなれますように）

参拝を終えたあと、影野の方を見たが、もう普通に戻っていた。当たり前だ。彼があの少年であるはずがない。もしそうだったら初対面のときに気づくはずなのだから。

（せっかくお祭りに来られたんだし、楽しまないとね）

紗月は気分を入れ替え、本堂の左側に続く社のお守り売り場に目をやった。

交通安全、家内安全、商売繁盛、厄除《やくよ》け、など……お守りが並んでいる。

不意に影野と目が合い、胸の奥がとくんと甘く弾ける。恥ずかしくなって俯けば、再び握られた手に意識がいき、ドキドキしてくる。

（今の私たち、なんか恋人同士みたい……）

なんとかこみ上げる感情を抑えるように、落ち着け……と念じて景色に目をやろうとすると、ぱっと手を離された。

「少し動かないで待っていろ」と言い、影野は人の波をかきわけて行ってしまう。急に離された手が心もとない。何だろうと思って待っていたら、透馬山神社と印字された白い紙袋を手渡された。

「おまえにはこれをやる」

「私に？　開けてもいいですか？」

影野が頷くのに合わせて、紗月は中身を取り出した。ちりんと涼やかな鈴の音が鳴る。朱色のお守りには可愛らしい鈴がついている。もしかして紗月が物欲しげにしていたから買ってきてくれたのだろうか、と感動する間もなく、すげない一言。

「厄除けだ。おまえは色々と災《わざわ》いを招くからな」

「もう、そういうのが余計ですよ。せっかく喜んでお礼を言おうと思ったのに」

紗月が拗《す》ねたように言うと、影野はめんどくさそうに顎をしゃくった。

「もう気は済んだか？　何か食べたり見たり、しなくていいのか？」

影野に言われて、紗月は思わず彼の顔を見た。付き合ってくれるつもりなのだと思うと嬉しくて、頬が緩んでしまう。

「何をにやついているんだ。勘違いするなよ。さっさと用事を済ませたいからだ」

影野がむっとした顔をしてそう言った。だけど、もう一度、手を繋いでくれた彼の態度の方が本心のような気がして、胸がくすぐったくなる。

「わかってますよ。お守りもありがとうございます。大事にしますね！」

紗月は笑顔で言って、お守りを大事に巾着《きんちゃく》に仕舞《しま》うと、屋台が出ているあたりを見回し、何か目ぼしいものはないか探した。わたあめ、焼きそば、たこ焼き、定番のメニューが並んでいる中、射的《しゃてき》や、ヨーヨー釣りといったコーナーには子どもの姿も見えた。

薄青く染まった空に、白い月が浮かんでいる。祭囃子の音と、提灯の赤い色と、人々のざわめき。それらに夏の風流を感じながら、紗月は裏参道へ繋がる赤い橋の方に目をやった。そこを渡ると、小川が流れる散歩道に出るはずだ。そうだ、この時期だったら、また蛍が見られるかもしれない。

「向こうに、行ってみてもいいですか？」

紗月が手を引っ張ると、影野は文句を言わずにただついてきてくれる。そして二人で並んで赤い橋を渡ったときだった。ふっと頬を撫でる羽のような感触がして、紗月は立ち止まる。さらに耳の側で羽音が聴こえ、紗月は驚いて振り返る。しかし何もない。

(何、また、何かのあやかし？。気のせい？)

「どうした？」

「あ、何でもないです」

あんまり驚いてばかりいたら、やっぱり帰るぞと強制送還《きょうせいそうかん》されてしまうだろう。

だから、紗月は口を噤《つぐ》んだ。

蛍の光につられるようにして、紗月は影野と共に、導かれるままに歩みを進める。

すると無数の星空のように、瞬く蛍の光が舞い上がっていた。

「わぁ……すごい、蛍の光がいっぱい……」

思わず、紗月は感嘆の声をあげた。夜空や提灯の明かりが川辺に映っているから、ますます幻想的な雰囲気が広がってゆく。まるで絵本の『銀河鉄道の夜』みたいだ。

「今が、一番、綺麗なときだな」

影野が感慨深そうな声で言った。不意に、デジャブのような感覚に囚われる。以前にも夢でたしかにそう感じたことがあった。否、夢でもなくデジャブでもないような気がする。いつだっただろうか。粘って考えてみるものの、思い出せない。

「どうした？」

と聞かれて、紗月はハッと我に返った。

「あ、いえ。あれから私、本を読んだんです。夜、光りながら飛んでいるゲンジボタルはほとんどがオスで、草や木の葉にじっととまって小さな光を出しているメスにプロポーズするために、強く光るんですってね」

それを考えたら、晄と蛍のあやかしの女の子の関係にぴったりだと思った。

「二人も一緒にここに来たかなぁ。離れる日が来ても、いつかは生まれ変わって、一緒になる未来があったらいいのに」

ちょっとだけ切なく思いながら、紗月は蛍の光に見惚れる。一生懸命に光っている彼らが、とても尊く思えて、一瞬たりとも見逃せない気がした。

「……生まれ変わって、か」

風が吹いて、葉擦れの音で周りがざわつく。手を繋いだまま二人は小川に飛ぶ蛍の幻想的な光にしばし見惚れた。

胸に熱いものが次々こみ上げてきて、紗月は自分自身に戸惑う。もうさっきからずっと鼓動が早鐘を打っている。絡められた指先に、心臓が細い絹糸できゅっと縛られでもしたかのように、甘い痛みがこみ上げる。

影野にやさしくされると嬉しい。お守りの片割れをもらったことも、お祭りに連れてきてもらえたことも。彼と一緒にいたい。ずっとこの先も。そんなふうに自然と導き出される。ちょっとした彼の仕草を発見するたびにドキドキするこの気持ちは、きっと――。

答えを出そうとしたそのとき、強く風が流れてきて、押されるように肩が影野に触れた。影野が振り返り、互いの視線が交わる。

刹那、どうしようもなく、心の中がざわつく。切羽詰まった感情がこみ上げてくる。次々に気泡が浮いて、今にもはじけ飛びそうなソーダ水のように。耳のところまで熱っぽく感じるほどだから、多分顔が真っ赤になってしまっているだろう。

その理由を、紗月は見つけてしまった。

ああ、私、恋をしているんだ。この人に。

そう思ったら、どうしようもなく彼が愛しくて、自分の気持ちが愛しくて、泣きたいような気持ちになってしまった。胸がいっぱいで涙が溢れてきそうになるのを、紗月はこらえながら、震える唇を開いた。

「影野さん、夏祭りに連れてきてくれて、ありがとう」

紗月は心を込めて伝えた。影野は茶化すわけでもなく、ぶっきらぼうに言うこともなく、ほんのわずかに口角をあげるだけだった。そのやさしい微笑みに、紗月もつられたように笑顔を咲かせる。嬉しい。こんなふうに一緒にいられる時間が幸せ。そんなふうに思う。

袖が触れ合い、お守りの鈴がちりんとやさしく鳴り響く。それは、紗月の中の変化を予感させるような、甘やかな音色だった。

第四話　彼の秘密

紗月が身動きするたびに鈴が涼やかに鳴る。

澄んだ音色が耳に触れると、お祭りの夜の甘い気持ちが蘇ってきそうになる。

あれから紗月は、影野からもらったお守りを肌身離さず身につけていた。普段はもちろん仕事のときもエプロンの前ポケットに仕舞ってある。

（恋をするって、こんな感じだったかな……）

紗月の唇から熱っぽいため息がこぼれる。今まではとにかく古書店で働けることが楽しくて仕方なかったのに、今は影野のことを意識するあまりぎこちなくなったり、必要以上に彼の一言に一喜一憂《いっきいちゆう》したり、彼のことが知りたくてもどかしさを感じたりするようになっていた。

胸の高鳴りを抑えられず、思わずお守りの鈴を指先でなぞる。

鈴は耳障りにならない程度の小さな音だが、来客の少ない静かな店内では割と響きわたる。そのため「いちいち見張っていなくてもどこで仕事をしているかわかりやすい」などと影野にからかわれてしまったのだが。

（厄避けになるって渡してくれたのは、影野さんなのに……）

すっかりトラブルメーカー扱いだ。それでも構ってもらえるのが嬉しい自分がいる。影野も紗月に対してだいぶ心を開いてくれるようになった。夏祭りに一緒に行ってから、より距離が縮まった気がする。それが紗月には嬉しかった。

入り口の戸が強風に吹かれてカタカタと音を立てる。つられて外を見ると、空にはほうき雲が流れ、あぜ道に植樹《しょくじゅ》された銀杏《ぎんなん》の木が、黄金色の葉をさわさわと揺らしていた。

ひと夏の――蛍の季節は過ぎてしまった。その後の晄と彼女がどうしているかはわからないまま、季節は秋を迎えていた。遠くの方へ目を向ければ、透馬山全体が少しずつ赤や黄に紅葉しはじめているのがわかる。

今朝テレビのニュースを見たら、十月下旬なのに十度以下になっているらしく異常気象だと報道されていた。もともと雪国といわれるこの地方の秋はとても短い。ついこの間、紅葉の美しい景色に目を奪われていたかと思ったのに、あっという間に冬になってしまいそうな勢いだ。

肌寒いときはカーディガンを羽織っているのだが、それでも古い家屋には隙間風が入るので、とくに足元が冷える。明日は厚手のタイツを中に穿いてこよう。今はしょうがないからとにかく動くしかない。

そう思い、紗月は自分の腕を交差させて、肩をさする。

店の入り口付近にディスプレイした文庫本が強風に煽られてペラペラとページを捲

られていくのを見た紗月は、配置を変えるついでにカウンターの方をちらりと見た。

（綺麗な人……）

実は、紗月が出勤したときに女性客が来店していて、影野と話をしていたのだ。薄紅色の着物に朱色の帯を締めたその女性は、所作の一つひとつが美しい。彼女の柔和な微笑みには、女の紗月ですらどきりとするような艶麗《えんれい》さがある。上品というか着物に慣れている花魁《おいらん》のような雰囲気だ。

影野が好きになる女性は和服美人だろうか、などと想像していたことがあったが、実際にこうして艶やかな和服美人と一緒にいるところを目の当たりにすると、なんとも言えない複雑な気分になる。

紗月は書架の掃除をしながら、二人の様子を眺めた。

「いい着物があるのよ。あんたに似合うと思って、用意したの」

彼女は甘えたような声で、影野の腕に絡みつく。その慣れた様子に、紗月はショックを受けた。

「珠華《しゅか》、髪がだいぶ乱れているぞ。簪が落ちかけている」

影野が彼女の名前を呼ぶのが生々しくて耳を塞《ふさ》ぎたくなる。

「いやねえ。直してちょうだい」

「後ろを向いて、じっとしていろ」

珠華がくるりとこちらを振り向いたとき、ちょうど紗月と目が合い、にこりと妖艶《ようえん》な笑みを向けられた。

驚いた紗月は、軽く頭を下げるだけにして、そそくさと売り場を移動する。心臓の音がいやなふうに鼓動を打っていた。影野は紗月のことが目に入らない様子で、彼女の髪に指を触れていた。それが瞼に焼き付いて離れない。ちりちりと胸が灼けるように痛くなる。

（どういう関係なんだろう？　まさか、影野さんの恋人……なのかな）

なんて絵になる美男美女なのだろう。羨望《せんぼう》の眼差しを注ぎつつも、もやもやした気分になる。もしも恋人だとしたら、特別な態度をとるのは当然かもしれないが、少しでいいから普段もあんなふうに朗らかに笑っていてくれたらいいのに。

そしたら客だって店に入りやすいだろうし、紗月だってもっと仲良くなれる気がするのに。夏祭りの夜に手を繋いでくれたのは、彼女に悪くなかったのだろうか。あれは、紗月を子ども扱いしただけだったのだろうか。

考えれば考えるほどどうにもならない歯がゆさや苛立たしさや寂しさで胸の奥が真っ黒になる。紗月の知らないところで彼女があの笑顔を独占しているのだと思うと、説明のつかない感情がこみ上げるのだ。

（これじゃあ、私、本当に子どもみたい。やきもち妬くなんてみっともない）

あの様子を見るからに、紗月よりも付き合いが長いのだろうし、仲が良いのは当然だろう。それなのに自分よりも親しくしているからって腹を立てるのはお門違いだろう。

　自己嫌悪に陥って小さくため息をつき、彼ら二人が見えない売り場まで歩いていくと、途中で誰かにとんとんと背中を叩かれ、びくっとする。

「さーつきさん」

　振り返ってすぐに視界に映ったのは、にこにこと笑顔を浮かべた女の子……いや、正確には女装をした男性……伊織の姿があった。

「伊織くん！」

「こんにちは！　久しぶりだよね。というか、あれ以来だよね」

　えへへ、と伊織は照れくさそうに笑う。

「びっくりした。ほんとう久しぶり。あれからどうしているか気になってたんだよ。元気にしていたの？」

「おかげさまで。色々と吹っ切れて、負けずにがんばってるよ」

　伊織は胸を張り、得意げな顔で言う。その愛らしい仕草を見て、紗月は無意識に微笑んだ。

「順調そうだものね。続きも読ませてもらってるよ。内容もすごくいい方向に舵をとれてると思う」

「ほんとう？　そう言ってもらえて嬉しいよ」

　伊織は瞳を輝かせて喜んだ。

実は、あのあと伊織がどうしているか気になっていた紗月は『キミとプラネタリウム』が無事に刊行しているか密かにチェックしていたのだ。

「ええ。元気な姿が見られてホッとしたわ」

相変わらず可愛らしい女の子の服装をしている伊織を眺めつつ、紗月の視線はどうしても帽子で隠されたミミと腰のあたりの尻尾を探してしまう。

伊織が狛犬のあやかし——であることは、影野から聞いた話でしかないので、半信半疑のままでいた。たしかにあのとき自分自身の目でも見たけれど、こうしていると人と全然変わらない。

伊織が戸惑ったような顔をして、おずおずと言った。

「えっと、あの……もう、わかってるよね？　ボクが狛犬のあやかしだってこと」

しょぼんとした伊織の様子にハッとする。

「う、うん……ごめん。じろじろ見たりして。気に障ったよね」

紗月が慌てて謝ると、伊織は覚悟を決めたように背筋をすっと伸ばす。

「いいよ。黙っていたボクの方がズルかったんだから」

そう言い、帽子をさっと脱いでみせた。

「わっ」と紗月はびっくりして声をあげてしまった。彼の頭に人間にはあるはずのない尖ったミミが左右にぴょこんとついていたのだ。

脳内で想像しているのと実際に目にしてしまうのとではまた違う。ほんとうに、あやかしなんだ、とようやく紗月は納得できた。

「紗月さんは、ボクのこの姿を見て嫌いになった？」

伊織が長い睫毛を伏せ、悲しそうな顔で言う。

紗月はぶんぶんと大げさなぐらいに首を横に振った。

「そんなわけないよ！　たしかに驚いたよ。けど、伊織くんは伊織くんだもの」

もちろん建前《たてまえ》じゃなく本音だ。

すると、伊織がぱぁっと表情を明るくする。大きな瞳が潤んで揺れて、今にも涙をこぼしそうである。

「ほんと言うと不安だったんだ。だから、なかなか会いに来られなくて。でも、紗月さんだったらそう言ってくれると思ってた。ありがとう」

今にもパタパタと振り出しそうな尻尾と、ミミをつけた愛くるしい彼に、胸がきゅんと締めつけられる。

やはり伊織には、白銀のときのような恐怖心がまったくわかない。そればかりか、この姿を見せられてもなお、伊織があやかしだということを実感できないぐらいだ。

「えっと、そのミミって、自由に出したり引っ込めたりできるものなの？」

表現として正しいかわからないが、紗月は白銀のことを思い出しながら伊織に尋ねる。ここへ通っていたとき伊織は帽子で頭を隠していたが、白銀の場合は突然生えたみたいにミミが現れたから、どういう仕組みになっているのかが気になったのだ。

「うーん、まあ自在にはできるよ。妖力を調整してるって言えばいいのかな」

妖力……と言われると、いくら伊織が怖くないといっても、ちょっと不安になる。

「あぁ、心配しないで。僕は紗月さんに害になるような力の使い方はしないから」

それを聞いて、紗月はホッと胸を撫で下ろした。

「普段はきちんと妖力をコントロールして、あやかしの気配を消しているんだ。だから人間として振る舞える。今は、逆に妖力を抑えつけていないから紗月さんにもボクのミミが視えている。でも、この状態では普通の人間には視えていないはずだよ」

つまり、自分が普通の人間じゃないと言われているようなもの。どちらにしても戸惑いは隠せない。夏祭りの夜も、小狸が化けたというのっぺらぼうを見ているが、他の人間にはたしかに視えていなかった。

「よくわからないんだけど、いまだに信じられないの。半分夢の中にいるような気分よ」

落ち込む紗月の顔を覗き込み、伊織はあたふたとフォローしはじめた。

「無理もないさ。ボクだって打ち明けるのに勇気がいったよ。でも、これだけは言える。ボクは悪いことなんてしないよ。紗月さんの味方だからね！」

健気に尻尾をふりふり振られると、実家で昔飼っていた犬を思い出して再び胸がきゅんとする。紗月は触れたい衝動に駆られるのをいけないと必死で抑えつけていたのだが、どうやら伝わってしまったらしい。

「ん、触ってもいいよ？　夢じゃないって実感したいなら、ミミでもシッポでも」

「ほんとう？　じゃあ、ちょっとだけ……」

紗月は、期待と興奮の入り混じった気持ちで、おずおずと伊織のミミに手を伸ばす。

その感触はあたたかいしフサフサだ。それから尻尾もふかふかでモフモフしている。

（……か、可愛い、かも……）

「も、もういいかな？　あんまり触られるとボクも……ちょっとくすぐったい」

恥ずかしそうにしている伊織を見て、紗月は慌てて手を離した。

「ごめんね。つい」

彼にとっては身体の一部であるということがすっかり頭になかった。

「でも、よかった。紗月さんのその笑顔が見たかった。会えてすごく嬉しい。でも、ちょっと心配になっちゃった」

「心配？」

紗月はきょとんとした顔をして、伊織を見た。

「なんだか随分と元気がないみたいだから。悩み事で頭がいっぱいって感じ」

たしかにさっきまで悶々としていたけれど、まさか顔に出るほどだとは自覚のなかった紗月はショックを受ける。

「まったく……自分のことには疎いタイプなんだなぁ、紗月さんって。ボクはなんとなくわかるけど。ずばり、店主さんを独占しているあの女の人のせいでしょ？」

言い当てられて、心臓が波打つ。

伊織は本棚から半身をひょっこり出して、カウンターから店の外へ出ようとしている珠華という女性をじいっと観察するように見た。

「実は、紗月さんがボクの正体に気づいているってことを影野さんに聞いたら会いづらくて、さっきまで気配を隠して様子を見ていたんだ。でも、紗月さんがなんだか元気ないみたいだから思わず出てきちゃったんだよ。蚊帳の外におかれて寂しいよね？」

そう言い、伊織が心配そうに見上げてくる。

「そんなこと思ってないよ。もう、伊織くんったら。影野さんって秘密主義だから、親しい女の人がいるなんて思ってなくて……ただ、びっくりしたの。それだけよ」

紗月は暗くならないように軽い口調で受け流す。

実際は、さっきの珠華と影野の夫婦みたいなやりとりを思い出すと、泥水《どろみず》を無理やり飲み込んでしまったかのように胸が苦しくなる。

寂しいと思うのは、影野と距離が近づいた気になっていたからかもしれない。だとしたらそれはずいぶん身勝手な傲《おご》りだ。彼と紗月は古書店を通じた仲でしかないのだから。

「感じたことはそれだけじゃないでしょう？」

ぷうっと伊織が頬を膨らませる。紗月は伊織と目を合わさないようにして答えた。

「珠華さんっていうんだって。あまりにお似合いだから、恋人なのかなって感じたわ」

「きっと違うよ、大丈夫だよ」

伊織は、紗月を励ますように力強く言って、手を握ってくる。

「ちょ、伊織くん、何か誤解しているわ。私は別に……」

「ボクには愚痴《ぐち》ってくれていいんだよ。お互いさまだもの。影野さんったら紗月さんのこと放ったらかしにしてさ。ねえ、ひどいよね？」

「そんな、だから私は……ただ、どんな知り合いなのかなって気になっただけよ」

さっき一人で拗ねていたことが恥ずかしくて言葉を濁した。でも、伊織にお見通しのようだ。じとっと白い目を向けられてしまい、うっと言葉に詰まる。

「紗月さんは強がりだなぁ。素直じゃない」

伊織がぽつりと慰めるように言った。

「……そう、かもしれないね」

思い当たることがあり、胸の真ん中をちくちくと針で縫《ぬ》われているように感じる。

「かも、じゃなくて、そうだよ」

断定されると、ますます落ち込む。すると、伊織はハッとして慌てふためく。

「えっと、誤解しないで。いじわる言いたいんじゃないんだよ。何かあったときには、もっと欲張りになっていいのに。平気だって顔しなくたっていいのに。だってそうでしょう？　痛いときは痛いって言うじゃない。子どもだったら泣いて教えるでしょう？　あたりまえのことなんだよ？　そういうの人間って大人になると忘れちゃうのかなって、もどかしくなったんだ」

「伊織くん……」

「前を向こうとしてる紗月さんは素敵だよ。ボクだってあなたに出会って元気をもらったんだもの。でも、前向きなのと、無理に元気を出すのとは違うと思うんだ」

本当にもどかしそうに、伊織は言った。

「私、無理してるように見えるかな？」

「うん。そう見えるよ。店主さんとあの女の人のこと気になるのに関係ないっていう顔をわざとしてる」

伊織にずばりと痛いところを突かれて、紗月は反応に困った。

「やだな。寂しいって思ったのは本当だよ。でも、それじゃあ、私、珠華さんに嫉妬してるみたいじゃない？」

「っていうか、そうじゃないの？」

ここまで話しておきながら白々しい、と言わんばかりの伊織の視線に、紗月は顔が熱くなっていくのを感じた。

「も、もう、伊織くんってば、その話は終わりにしようよ」

紗月が落ち着かなくなり身じろぎしたところ、ちりんと鈴が鳴り、伊織のミミがぴくりと動く。

「お守りの鈴？」

紗月は鋭い指摘に驚き、答え合わせするようにエプロンから取り出した。

「よくわかったね」

やっぱり飾りのためのミミじゃないんだ、と思った。

「お役目で聞き慣れているもの。新しいものみたいだけど、最近、透馬山の神社へ行ったの？」

「うん。夏祭りにね。影野さんがくれたの。厄除けに持っておけって」

「待って。これは厄除けじゃなくて、縁結びのお守りだよ」

「えっ？　縁結び？　うそっ」

「紗月さんの持っている朱色のお守りの真ん中に、鳥の絵が描かれているでしょう？　裏返してみると、紫の糸で鳥の形に縫われてるんだ。その逆でね、紫のお守りの方は朱色で縫われてるんだよ」

言われるままにお守りを裏返すと、裏にも鳥の模様が紫の糸で縫われている。

「これは比翼連理《ひよくれんり》の番《つがい》を意味しているんだよ」

「比翼連理って？」

「比翼は、番の鳥、連理は、二本の枝のこと。元々別々の並んで生えている二本の木が、枝の部分で一つに繋がっている、それほど仲睦まじいという意味があるんだ」

「そっか……それで縁結びなんだ」

「うん。つまり、契《ちぎ》りを交《か》わした男女——夫婦《めおと》を意味していて、ペアになっているんだ。お互いが離れなくてはならなくなったときも、愛し合っていれば、いつかは一つに結ばれるっていう、透馬山神社では最高の縁結びのお守りだよ」

と言い、伊織が尻尾をふりふりと振った。彼の愛らしい瞳が好奇心いっぱいに、紗月を映しだす。

「で、でも、たしかに厄除けだって……聞いたんだよ？」

「間違えるなんてことあるかな？　この村のことに詳しい影野さんなのに」

影野があえて紗月に渡したとでも言いたいような伊織の視線に、そう期待したくなってしまう自分がいる。なおさらお守りのことが愛おしく思えて、全身に熱が走った。

（どういう意味で、私に渡したの……？　影野さん……）

「あ、紗月さん、見て。やっと、あの女の人、帰るみたいだ」

伊織が小声でそう言った。影野がやさしく微笑み、珠華のことを見送る。すると、こちらの視線に気づいたらしく、いつもの仏頂面を下げてやってきた。

「狛犬きてたのか」と影野は言った。

伊織はぶうっと膨れて「その呼び方やめてくれないかな」と即座に反発する。

「あやかしであることを隠しもしない今の状況を見れば、事実なのだから仕方ないだろう。何か問題があるのか」

気だるそうな影野に対し、伊織は胸を張って主張する。

「ボクには駒川伊織っていう立派なペンネームがあるんだぞ」

「ああ、思い出したぞ。この間まで筆《ふで》を折ろうとしていた大作家先生か。心配は要らなかったようだな」

わざとらしい影野の物言いに、伊織は「くぅっ」と悔しそうにしている。一方で、紗月はただ影野を見つめていた。

「ねえ、ひどいよね、紗月さん？」

身体を揺さぶられて、紗月はハッと我に返る。

「え？　あ、えっと、何の話をしてたっけ？」

「いいんだ、別に、僕は……」

「ごめん、伊織くん、ぼうっとしてて」

伊織はすっかりいじけてしまった。影野と目が合い、鼓動が大きく跳ねる。その瞬間に顔まで伝染して熱くなった。

「おまえは、今日はずっとぼうっとしてるだろう。どうしたんだ？」

「な、何でもないですよ。本の位置をどうしようかなって考えてたんです」

しどろもどろ説明すると、影野はさらっと言った。

「体調が悪いときは、わざわざ無理して来なくていいんだからな」

「もう、そうやって私のことを邪魔にしないでくださいよ」

紗月はとりつくろって言った。

「狛犬もあんまり紗月のまわりをちょろちょろ邪魔するなよ。『気《き》』を嗅《か》ぎ付けて厄介なあやかしが寄ってくるのは困るんだ」

影野はそれだけ言って、そっけなく背を向ける。

「うぅ、悔しいけど、たしかに正論だ。今日のところは退散するよ」

悔しそうに伊織が唇をかむ。

「あの、伊織くん、私は迷惑だなんて思ってないから、元気出してね」

「ん、ありがとう。紗月さんはやっぱりやさしいな。大好きだよ」

唐突にぎゅうっと抱きしめられて、紗月は目を丸くした。咎められないうちに逃げようと思ったのか、伊織は帽子をかぶり、じゃあねと手を振って軽やかに店を出ていった。

「ずいぶんと懐かれたものだな」

影野の声が届いて、紗月は店の奥にいた彼の方を振り返る。

「ほどほどにしておけよ。さっき、あいつに警告したとおりだ。視えるやつには、あやかしが寄りつく。おまえが怖い思いをすることになる」

紗月はため息をついた。自分もおかしいが、影野もこの頃変だ。やたら心配してばかりいる。無関心ひいては嫌悪感を抱かれていたときに比べれば、嬉しい変化であるはずなのに、釈然としない。

「あの、影野さん……」

「ん？」

影野の視線はいったん手元の本に落ちていたが、すぐに顔をあげて紗月をまっすぐに見た。彼の瞳はいつものように澄んだ色をしている。今なら、欲しい答えをくれそうな気がして、紗月は思いきって聞いてみることにした。

「どうして、この頃やさしいんですか？」

聞いてすぐ後悔したくなるほどに鼓動が早鐘を打っている。じっと見つめていたら、影野の方から視線を逸らされてしまった。

「おまえに妙なあやかしがつけば、少なからず迷惑がかかるからだよ」

ほら、やっぱりお守りの特別な意味なんてない。期待したらいけないのだ。

単に、急いで買ったから間違えたのかもしれない。

紗月の脳裏には、珠華と仲睦まじく過ごしていた影野の様子が浮かんだ。勝手に期待した気持ちは一気に水の底に沈んで、そればかりか足を掴まれてそのまま引きずられていくみたいだった。息が、できなくなる……紗月は耐えられなくなって、思わずいやなことを口走ってしまった。

「ずいぶん態度が違うんですね」

言った側から、泣き出してしまいそうになる。影野が驚いたように紗月を見た。いつもなら、冷たく突き放しても、めげることなく構うのが常だったからだろう。

「紗月……」

「私、向こうの本棚を整理してきます」

紗月は逃げるように踵を返して、なるべく奥の方、奥の方へと急いで身を隠した。

そして書架に寄りかかり、ふうっとため息をついた。

(どうしよう。変な態度とっちゃった。でも、今は……だめ)

どうしたっていやなやつになってしまう。あんなの八つ当たりに違いないのに。

(ごめんなさい。影野さん……)

影野が珠華だけは特別にやさしくする。その事実を受けとめるたびに苦しくなる。なぜこんな気持ちになってしまうのだろう。影野の顔を見るだけで、声を聞くだけで、胸のあたりが絞られるように痛くなる。意識すればするほど、どんどん深まっていくばかりだ。

余計なことを考えちゃだめだ。この妙な感情の揺らぎを深追いしてはいけない。呪文のように繰り返し、暴走しそうな自分の感情を戒める。

(そう、こんないやな気持ちは……早く忘れなくちゃ)

紗月は手のひらに包んでいたお守りを無意識にきゅっと握りしめた。

伊織が帰ったあと、紗月は影野と一緒にいるのが気まずくて、カウンターには極力近づかないようにした。察しのいい彼のことだからドキドキしたが、とりあえず今のところは大丈夫のようだ。

少し落ち着こう。お守りだって心配して厄除けのためにくれたのだから、これはこれで喜んで大切にしよう。影野が構ってくれるようになったから、親近感がわいているだけだ。欲張りになってはいけない。そう言い聞かせて、何とか気持ちを入れ替えた。

影野が出かけている合間に、段ボールの箱に入ったままの本が気になった紗月は、目の前に立ち、うーんと唸る。

紗月が鴉翅堂書店で働きはじめたときから動いた形跡がなく、そのまま放置していたように思える。ワケありで時期が来れば出すと言っていたが、それにはどういう意味があるのだろうか。

勝手に見てはいけないものだったら、こんなところに無防備に置いておかないはずだ。紗月は好奇心の赴くまま段ボールに手をかけた。

本の版型から想像するに、どうやら絵本らしい。さっそく一冊手に取って引き抜こうとした、そのときだった。戸が開いた音がして、紗月は慌ててその場から離れた。

カウンターの外に滑り込むように出ていって間一髪。影野がちょうど帰ってきたところだった。

近くの棚の本を直すふりをしていたら、手の甲をくすぐる何かに気づき、紗月は「きゃあ」と声をあげた。

見れば、けっこうな大きさの縞模様のクモが這うように動いたのだ。ただでさえ後ろめたさで心臓がバクバクしているのに、一気に心拍数が跳ね上がり、卒倒しそうになる。

お尻のところがふくらんでいてちょっと赤い。まさか毒蜘蛛《どくぐも》!? そう思って反射的に手を払うと、蜘蛛はふわりと床に着地した。

「どうしたんだ」と影野が側にやってくる。

「今、蜘蛛が……どうしよう、毒を持っているタイプだったら大変。えっと、私、ホウキを持ってきます」

気が動転して、うまく考えがまとまらない。すると、影野が慌てる紗月の手をぐいっと引っ張り、首を横に振った。

「落ち着け。大丈夫なやつだ。だから、手を加えないでおいてくれ。妙な怨恨《えんこん》を残すような対処をするな。その方がずっと厄介だ」

そう言うと、影野は戸口を開いて、蜘蛛が通れるぐらいの隙間を空けたまま待った。あっという間に外に出ていき、ほうっと安堵の息をつく。

「蜘蛛は苦手か？　腕を掴んだとき、脈が驚くほど速かったぞ」

「それはびっくりしますよ。得意だという人はあまりいないと思います」

まだ心臓が爆音を奏でている。妙な怨恨がどういうことは、どんな生物でもあやかしになる可能性があるということだろうか。それを改めて考えると、視える人間である以上、これから気を遣って生活しなくてはならないと身が引き締まった。

「今日のおまえはおかしいぞ。早めに帰って休んだらどうだ。ここは人手が足らないということはない。だが、おまえが具合悪くなったら、家族の人間が心配するだろう？」

影野は余計なことは言わない。でも、紗月のことを想ってくれているのはちゃんとわかる。別に彼は紗月に無関心というわけではない。彼が変わったのではなく、紗月がぐだぐだと色々考えすぎてしまっただけなのだ。放っておかれて寂しいと身勝手に感じていた自分が本当に子どもみたいで情けない。

このまま折れて帰ってしまったら、それこそ立ち直れなくなりそうだ。紗月は落ち着くために深呼吸しつつ、元気よく答えた。

「もうちょっとで閉店ですし、配置換えも中途半端なままなんです。大丈夫です。ちゃんと最後までいますよ」

「おまえがやれるというなら止めはしないが、しかしこれは何なんだ」

影野が顎をしゃくって、紗月が先ほど一人で整理していた売り場を見る。本と本の間に小さなＰＯＰスタンドを取り付けて、マーカーを引いたりマークをつけたりして、ちょっとした解説や感想を書き込んであったのだ。もちろん、古書店特有の景観を損なわないように気をつけたつもりではいるが。

「書店によくあるＰＯＰですよ。本を選ぶためのヒントになればいいなって思ったんです。ダメ……でしたか？」

紗月はおそるおそる影野の様子を窺う。強く想うものがないとお薦めはしないと言っていた、拘りの強そうな影野にとっては邪道《じゃどう》だっただろうか。

「いや。おまえは本当に本が好きなんだな、と感心しただけだ」

褒められたのか、呆れられたのか、彼の表情からはわかりにくいが、怒られたわけじゃないイコールダメというわけではないと受けとめることにする。

「やっとわかってもらえましたか？」

紗月が瞳を輝かせると、影野は肩を竦めて言った。

「まあいいが、ほどほどにしろよ。賑やかになりすぎるのは好きじゃない」

「はい。心得ておきます」

許しを得た紗月は俄然やる気を出した。少しずつだが店のことを任せてもらえるようになってきている。それが紗月には何より嬉しい。

影野の尖った雰囲気も以前に比べたらだいぶ和らいだ。変わることは何も悪いことではないだろう。これからもちょっとずつ彼に歩みよって仲良くしていけたらいい。

そうだ、これからもこういう前向きな気持ちでいよう、と紗月は自分を鼓舞《こぶ》する。

それからしばらく本棚の配置換えの作業に没頭《ぼっとう》していると、店の中に隙間風が入ってきて、紗月はぶるりと身震いをした。

腕時計を見れば、午後六時をとうに過ぎており、残りの作業を終わらせる頃には、すっかり外は真っ暗になっていた。

　この頃、日が暮れるのが早くなり、だいぶ冷え込むようになった。今も、冷たい風が戸を叩き、店全体をざわつかせている。

　キリのいいところで切り上げることにし、午後七時ちょっと過ぎに、エプロンをたたんで帰り支度をしていると、影野に声をかけられた。

「店を閉めたら送っていく。少し待っていてくれ」

「え？」

　意外な言葉に紗月はきょとんとする。今までそんなことを言われたことなど一度もないのに。淡い期待が膨れあがりそうになり、慌てて想いを打ち消した。

「今夜は少しよくない気が流れてるんだ」

　影野の表情が険しい。紗月は顔を強張らせ、おそるおそる尋ねた。

「前に言ってた、悪いあやかしの仕業がどうとか……ですか？」

　夏祭りの夜、小狸が化けたのっぺらぼうのことを思い出す。不意打ちの登場は本当に困る。とはいえ、名乗って出てこられても困るのだが。

「念のためだ。おまえに何かあったら店主である俺に責任があるわけだからな」

　ああ、そうか。この間、どうしてやさしくするのか、と尋ねたときに、冷たく言ったのは、やっぱり本心ではなかったのだろう。彼は建前上そう言って、いつだって紗月の心配をしてくれる。店の外での出来事なら個人の自己責任なのだから、ほんとうなら影野が気を配る必要はないのだ。それなのに一人で拗ねていた自分が恥ずかしい。

少しして、「行くぞ」と促され、紗月は店の外に出た。影野が鍵を閉めるのを待ち、それから二人して肩を並べて、商店街から田舎道へと歩く。

(何を話したらいいんだろう?)

紗月はちらりと右側を歩く影野を見上げた。鴉翅堂書店に初めて訪れたときに邪険にされた日が遠く思い出される。最初は本当にひどかった。

(あれを考えたら今が奇跡だと思わなくちゃ)

すると、影野が怪訝な顔つきで、こちらを見る。

「おい、おまえはさっきからどういう表情をしているんだ。百面相《ひゃくめんそう》だぞ」

紗月の唇から、ふっと笑い声が漏れる。

「送ってくれるなんて珍しいことがあるから、ちょっと嬉しかっただけですよ。明日、雪が降るかも」

影野はきまりわるそうにして視線を前に戻し、ぽつりと言った。

「そういえば、今年は冬の訪れが早いだろうという話だったな」

「影野さんって、ニュースとか見るんですか？　ケータイなんて持ってないですよね？　黒電話もオブジェみたいになってますし」

大して気にとめてなかったが、考えてみれば今まで一度たりとも電話が鳴ったことはない。

「客から聞いたんだよ」

それを聞いて、紗月はすぐに珠華と呼ばれていた女性のことを思い浮かべた。

もうこの際、ずばり聞いてみてもいいだろうか。そんな衝動がわくものの、いま一つ勇気が持てずに、押し黙る。でも、やっぱり気になって仕方ない。鼓動だけがやたら騒がしく、落ち着かない気持ちになってしまう。葛藤を繰り返したが、やはり欲求には打ち勝てなかった。

「あの、珠華さん……とは、昔からの知り合いですか？」

どんな関係なのか、とはっきり聞けない自分は、なんて臆病なのだろう。でも、精一杯がんばった方だ。緊張しながら返事を待つものの、返ってきたのは冷ややかな一言だった。

「それを聞いてどうするんだ」

「いえ、ただ、どんな話題で盛り上がっているのかなって気になったんです。お互いの趣味の本とか？」

「おまえには関係ないし、別に教える必要もないだろう」

そっけない言い方にむっとする。たしかに関係ないし、彼が秘密主義を貫くのは出会ってからいつものことだから慣れたけれど、勇気を出して聞いたのに、こうもあからさまに態度が違うとがっかりする。

（でも、私が怒る筋合いなんてないんだし……しょうがないよね）

紗月が黙り込むと、影野は驚いた顔をする。

「なぜ、怒っているんだ？」

「わ、私は……別に怒ってるわけじゃなくて……」

どちらかというと寂しい、悲しい、なのだが……二度も撃沈させられたあとでは、さすがに素直に伝える勇気はない。

「そうか。あれが楽しそうに見えるわけだな、おまえには」

影野は乾いた笑いを顔に張り付かせる。

「え？」

紗月が首をかしげると、影野は自分の羽織を脱いで、肩にふわりとかけてくれた。ほのかな甘い香りが漂い、条件反射的に鼓動がとくりと跳ねる。

「え、あの……」

「ちゃんとあったかくしておけ。今夜は寒い。これを着ていろ」

たしかに外は吹きつけてくる風がとても冷たく、薄手のジャケットでは身震いしてしまう程だ。

「でも、影野さんは……」

いったい、どういう風の吹き回しなのだろうか。

「寒さには慣れているからいい。おまえを見ている方がずっと寒々しく感じる」

もう突き返されても受け取らないからな、と言いたげに彼は腕を組んだ。

ああ、こういうところはやっぱり好きだな、と思った。

「じゃあ、お言葉に甘えて、お借りします」

嬉しいけれど、彼のぬくもりがまだ残る羽織に包まれていると、まるで影野に抱きしめられているように感じて、これはこれで落ち着かない。

紗月は意識しないように、遠くの景色に目をやった。

あの女性のことは気になるけれど、彼がいやがるのなら聞くのはやめようと思った。

(せっかく……こうして送ってくれてるんだものね)

そう納得しつつ、紗月は影野の横顔を見つめた。

(もしかしたら私、宥められちゃったのかな?)

子ども扱いされたような気がしないでもない。それでもいい。つれなくされるよりずっといい。紗月は彼の香りのする羽織りをぎゅっと両手で握りしめ、顎を埋めた。

「おまえの家はあそこか」

影野が言って、古い民家の方へ顎をしゃくる。自宅は電気がついている。今日は母が早番だと言っていたので、祖母と一緒に食事の準備をしているかもしれない。

「はい。わざわざ送っていただいて、ありがとうございます。あ、せっかくだから、あったかいお茶でも飲んでいきませんか？」

「いや、夕飯時に邪魔だろう。俺には構わないでくれ」

「じゃあ、羽織を今……」

返そうと思って脱ぐつもりだったのが、影野は紗月のその手をそっと押し返し、首を横に振った。

「明日また会ったときでいい。玄関のすぐ前まで一緒に行ってやる。身体が冷えるから急ぐぞ」

相変わらず体温の低い手だ。彼の方がずっと寒そうなのに、紗月の心配ばかりする。いったいどうしてしまったのだろう、と思うぐらい、今日の影野はやさしい。紗月が拗ねたからというわけではなさそうだ。とすると、さっき彼が言っていたように、それほど気を配らないといけないぐらい危険なことがあるのだろうか。

（あれ……）

不意に地面に映った二人の影を見て、違和感を覚えた。

否、正確には一つの影――だ。

（どうして……）

紗月と影野は肩を並べて歩いているのだが、街灯に照らされて伸びていく影が一つしかない。重なっているというわけではない。角度の問題でもない。紗月の影だけが歩くたびに動いている。影野の影がどこにもないのだ。

奇妙な感覚に、紗月はぶるっと身体を震わせる。

そんなことが――あるはずないのに。

「どうした？」

「い、いえ。何でもないんです。えっと、ほんとう急に寒くなったなぁって」

気のせいだと思うことにしながらも、こみ上げてくる疑問が頭の中を占めていく。

一緒に並んで歩いているのに、一人だけ影が映らないなんてことあるだろうか。おそるおそるもう一度、地面を見る。だが、やはり紗月の影しかなかった。

（どうしよう、どうして……？）

鼓動が急に速まっていく。

夏祭りの夜は、そんなことなかったはずだ……いや、緊張していたし、はしゃいでいたからわからない。

（落ち着いて。今まではどうだった？）

思い出せない。

「それじゃあな」

「はい。ありがとうございました。おやすみなさい」

影野は、紗月が玄関に入るのを見届けようとしている。紗月は会釈をして背を向けて玄関のドアに手をかけた。彼はまだ待っていてくれた。

「また明日」

「あぁ、またな」

笑顔で別れ、紗月は玄関のドアを閉める。しかしどうしても気になって、数秒待ったあと、紗月は玄関のドアを勢いよく開けた。

しかし――

（いない……）

影野の姿がとっくに見えなくなっていた。紗月は思わず駆けだして、辺りを見回した。どこにも彼の姿がない。

（どういうことなの）

不穏な鼓動はますます速まっていく。紗月の家は緩やかな勾配の上にある。

今来た道を戻っていったとしたら、どんなに急いでもたとえ走っても、姿ぐらい見下ろせてもいいはずだ。

一つの疑惑が浮かびあがる。

もしも、紗月の考えていることが当たっているとしたら――

（うそ……だよね）

もしかしたら影野も人間じゃない……と考えて、紗月は慌てて浮かんできた疑問を打ち消す。そんなわけがない。見間違いだ。でも……そうかもしれない。寄せては引いていく波のように、その両極に思考が揺れる。

鼓膜を震わせるほどに不快な鼓動の速まりを感じつつ、茫然として突っ立っていると、影野から借りた羽織から香りがふわりとたちのぼり、胸が甘く締めつけられる。

もしも影野があやかしだったとして、何らかの理由で隠していたとしても、説明してくれたら理解できるはずだ。黙っていられたことはショックだが、彼があやかしだからといって不安になる必要はない。

あやかしの存在なら今までにだってたくさん話を聞いているし、実際に目の前で見ている。白銀、伊織、彼らに出会ったときにあやかしの生態を目の当たりにしている。伊織のようにやさしい子だったら怖くないと思った。そういう理屈で考えるのなら、たとえ影野があやかしでも、紗月のことを大事にしてくれているのなら、構わないはずだろう。夏祭りだって一緒にいてくれたし、今夜だって心配して送ってくれたのだ。

それなのに、なぜ、こんなにショックで、動揺する必要があるのだろうか。

紗月の考えているように、影野がもしもあやかしなのだとしたら、そして自分の中に芽生えている感情が恋と呼べるなら、紗月は人ならざるあやかしに恋をしてしまったことになる。

人間とあやかしが恋をすることなどありえるのか――そう考えたときに紗月はこれまでに古書店での出来事を思い浮かべた。

眺が、耳の聞こえない女の子の姿をした蛍のあやかしに恋をしていたこと。

彼らはあやかしと人間。それでも恋をした。それなら、紗月だって、あやかしに恋をすることがあってもおかしくないのではないだろうか。そんなふうに考えが傾いていく。

だが、人間とあやかしは違う。

あやかしは人の形に化けているだけ。生きる時間も何もかもが違う。本物の人間にはなれない。見せかけだけの仮の姿なのだ。同じように人間だって、あやかしにはなれない。一緒に過ごしながらも、けっして交わることのない世界を生きている。

紗月が急に視えるようになったのは何が原因だったのかいまだにわからない。反対に、これから先、視えなくなってしまうこともありえるわけだ。

蛍のあやかしを見送ったとき、影野も同じことを言っていた。いずれ消えて、記憶からも消えていく。残された者は、去っていく者を、いつか忘れてしまうのだ、と。

（いやだ、影野さんとそんなふうに……離れたくない）

違う。違ってほしい。彼はあやかしじゃない。

紗月は必死に自分にそう言い聞かせ、あとからあとから浮かんでくる疑惑を必死に打ち消した。


ご飯を食べる気にもならず、紗月はコタツに足を入れたあと、すぐにお風呂に入ることにした。祖母はもちろん、母も明日は早番らしく、既に就寝している。

だらだらと長湯をしたせいで、ちょっと頭がぼんやりする。のぼせた身体を冷ますように冷たい水を一気に飲み干し、布団の上にぼすっと倒れ込む。

そのとき、影野が貸してくれた羽織が視界に映り込み、紗月は彼と一緒に帰ってきたときのことを思い浮かべた。お風呂に入っているときも、髪を乾かしているときも、結局、考えることは影野のことばかりだった。

出会ったときのこと、鴉翅堂で過ごした時間、夏祭りの日のこと。それらが走馬灯のように蘇ってくる。その一方、真実を知るのが怖い。彼が人間じゃなかったら……という考えが、頭の中を占領している。

それからも紗月はなかなか寝つけなくて、布団からのっそりと起き上がり、台所に行ってあたたかいほうじ茶を淹れた。

縁側に長座布団を敷いて座って影野から借りた羽織に袖を通し、夜空にぽっかりと浮かぶ真ん丸の月を眺めた。

不意に、床に映る自分の影を目にし、ため息をつく。この世に存在している以上、影がないなんてことはない。

いくらか冷静になった今、これまでのことを頭の中で整理する。

紗月が古書店でアルバイトをしたいと申し出たとき、彼は断固拒否をした。それは紗月にあやかしである自分の正体を知られたくなかったから？　それなら、どうして紗月があやかしの存在を受け入れた今も隠し続けているのだろうか。彼に何かメリットがあるようには思えないのに。

(影野さん……本当は、どうなの？　あなたは……あやかしなの？)

影野があやかしであることを前提に考えたとして、古書店をやっている理由はなんだろう？　本を処方するのが趣味というだけ？　なぜ紗月にはあやかしを近寄らせたがらないのだろう？　疑問は次から次へと浮かんでゆく。

あまりにも考えすぎて胃がきりきりする。不意に廊下の隅にあった本棚に目が留まり、紗月は無意識に手を伸ばした。本棚には小さい頃から大事にしていた絵本が何冊か収納してあった。

二冊ほど適当に引き抜いたものを手元に置いて、久しぶりに読んでみようと思った。一冊目は『しろいうさぎとくろいうさぎ』、二冊目は『銀河鉄道の夜』。二つのタイトルを眺めてから、紗月はハッとする。

（そういえば、この本……）

東京から戻ってくるときに『しろいうさぎとくろいうさぎ』の内容に似た夢を見た。こっちに戻ってきたあとは、『銀河鉄道の夜』の内容に似た夢を見た。そして夏祭りの夜、デジャブを感じたのだ。

頭の奥がじんと痺れるように痛くなり、紗月は思わず眉根を寄せた。

『約束だよ。忘れないで』

何度も蘇ってくる声。そして、浮かんでくる少年の面影――あのとき、重なるように見えたのは――。

頭の中で整理していたそのとき、誰かの気配を感じて紗月は弾かれたように顔をあげた。

縁側のガラス戸の向こうに、美しい銀髪の美丈夫がにこりと微笑んで立っていた。

「白銀……！」

「やあ、こんばんは」

「どうして、あなた……ここへ」

紗月は思いっきり警戒した。白銀は出会った当初は、物腰がおだやかで親切だったが、紗月に妙な術をかけた前科があるからだ。

怖がって距離を置こうとする紗月の様子に気づいたらしい。白銀が悲しそうに眉尻を下げ、憂いを帯びた瞳で紗月を見つめた。

「そんな顔をされると傷ついてしまうよ。君に危害を与えるつもりなんてないから、どうか安心してほしい」

紗月だって、はいそうですか、と簡単には頷けない。もしかして今夜、影野がわざわざ紗月を家まで送ってくれたのは、白銀のことが関係していたのだろうか。

整いすぎるぐらい美しい面立ち、温もりのなさそうな青白い肌、腰のあたりまで長さのある銀髪、人間の二倍にも伸びて尖った爪……昼間に会ったときよりも、酷薄そうに見えるのは闇夜がそう見せているだけだろうか。

冷静に考えて、これで怖くないというのは、やはり無理がある。身構えながらも、紗月は白銀にとりあえず事情を尋ねることにした。

「いったい私に何の用事なの？」

「君はこの絵本の物語みたいに、お詫びの土産を持ってきた私を鉄砲で撃つかい？」

白銀が自分の脇に抱えていた『ごんぎつね』の絵本を紗月の前に差し出した。

「まさか。そんなこと、私はしないわ」

すると、白銀は微笑んだ。

「よかった。私はね、この間、怖がらせたお詫びに、君にとって有益な情報をもってきてあげたんだよ」

紗月はすぐに影野のことを思い浮かべた。彼を古くから知っているという白銀だったらきっと知っているはずだ。

「どうだろう？　中に入れてくれないかい？」

紗月は迷いつつ、ガラス越しに白銀の琥珀色の瞳をじっと見つめる。

「誓って、君を傷つけない。おかしなことは絶対にしない。お詫びにきたと言っただろう？　その言葉に嘘はないよ。これでも怖がらせてしまったことを反省しているんだ」

そうまで言われると、かえって紗月の方が悪いような気がしてくる。あまつさえ、モフモフの尻尾がしょぼんと垂れているのを見ると、ますます良心がちくちくと痛む。

「絶対って誓える？」

「もちろんだとも。どうか、頼むよ」

白銀のせつなげな眼差しに胸を打たれた紗月は、苦渋の末、了承した。

「……わかったわ。今、開けるから、待って」

そう言いつつ、白銀は笑顔でミミやシッポをアピールする。紗月が以前に興味を示したからか、懐柔しようという魂胆なのかもしれない。彼は小憎たらしいほど扱いを心得ている。

（いたずら好きで変身するのが大好きな狐さんだものね）

「まったく心臓に悪いわ」

なんだか毒気が抜けてしまい、紗月はガラス戸を開ける。ひんやりとした風が入ってくる。

「私を信じてくれてありがとう。お邪魔するよ」

「完全に信じたわけじゃないけどね」としっかり、警告しておく。

白銀はなんともいえない笑みを浮かべつつ縁側に腰をおろし、『ごんぎつね』の絵本をそこに置いた。

「白銀、あなたも絵本を読むのね」と言うと、白銀は困ったように微笑を浮かべた。

「ああ、これは……影野に処方してもらったのさ。いたずらばっかりしてると、因果《いんが》応報《おうほう》って言ってね、感謝をしてもお詫びをしても運命に赦《ゆる》されず、ロクな死に方はしないぞって」

ああ、そういう意味で……と、紗月はちょっとだけ同情した。たしかにごんぎつねは最後に不幸な終わり方をするのだ。もちろん、色々な解釈があるが、お灸を据えるという意味では、たしかにぴったりの本である。さすが影野だな、と感心してしまった。

と、そこまで考えて、紗月は思わず白銀の影を探した。

やっぱり——影がない。

決定的な現実を受けとめ、紗月は何も言葉にできなかった。そんな紗月の視線に気づいたのか、白銀がそっと声をかけてくる。

「あいつには影がない。その意味を——君は気づいてしまったんだろう？」

紗月は顔をあげて、白銀の物憂げな表情を目にした。お願いだからそんな顔をしないでほしかった。伊織と同じだ。まるで紗月の想いが届かないと暗示されているような、儚さが漂っている。

「影野さんは……人じゃなくて、あなたと同じ、あやかし……なのね？」

白銀は黙ったまま答えなかった。それが、無言の肯定として、紗月の胸の中に悲しい現実として流し込まれる。でも、考えてみれば、影野の不思議な雰囲気からして、普通とは違った。今まで勘違いしていたのは、紗月の方だったのだ。

「だったら、どうして、今まで影野さんは隠していたの？　白銀や伊織くんのことだって驚いたけど、受け入れられたわ。それなら、そのときに教えてくれたってよかったのに。どうして人間のふりをするの？　どうして影野さんだけ秘密にする必要があるの？」

さっきまで一人で悶々と考えていたことをぶつける。白銀ならその理由を知っているのではないか、そう期待の目を向けると、逆に白銀から尋ねられた。

「君は透馬村に戻ってきてから、変わったことがなかったかい？」

「変わったことならたくさんあったわ。あなたをはじめ色々なあやかしに出会った」

紗月は指折り数える。そして影野のことを思い浮かべようとすると、遮るように白銀が続けて問いかけてきた。

「それ以外には？　何も思い出さないかい？」

今までないぐらい真剣な表情で尋ねる白銀に、紗月は戸惑う。

さっき絵本を眺めていたときに感じたことをまた一つひとつ思い出しながら、紗月は語り出した。

「よく夢を見るようになったの」

「どんな夢だい？」

「小さな頃の夢よ。男の子と楽しそうに声を弾ませて遊んでいて、それで――」

『約束だよ、忘れないで』

はっきりとした声や、顔が見られたわけじゃない。ぼんやりと霞《かす》んだ視界や、温水プールの中にいるようなくぐもった音で聞こえる、少年の声――そして、断片的に視える景色。それはすべて神社の中だった。

「神社で、男の子と約束をしたの。それで、いろんな思い出が、この頃フラッシュバックするみたいに夢の中にあらわれるの。夢の中で、この絵本をたしか……一緒に読んだことがあったわ」

紗月は『しろいうさぎとくろいうさぎ』そして『銀河鉄道の夜』を白銀に見せた。

「ふむ」と頷いて、白銀が袖の中から巻物を取り出した。何をするのか見ていたら、紐をほどいてするすると広げ、一枚の絵を紗月に見せる。

「あ、この鳥……！」

「見覚えはあるかい？」

白銀が期待を込めるように、紗月を見つめる。

「私が、透馬村に戻ってきてすぐの頃、あなたと出会う前に……商店街のところで見かけたわ」

「君が思い出すのは、最近のことだね」

と残念そうに白銀が言い、爪が長く伸びた指先をそっと紗月の額に触れた。驚いて、紗月は逃げようとする。

「また、術をかける気？　誓ったでしょう？　変なことをしないって」

「大丈夫だよ。怖いことはしない。少し、君の中に流れる記憶が、どこで止まっているのかを見るだけさ」

「そんなことが……できるの？」

おそるおそる白銀の琥珀色の瞳を見つめ返す。じっとしていると人とは異なる縦型の瞳孔が細められ、それから彼の瞳の中に走馬灯のような灯りがくるくると回っているように見えてきた。

紗月はいつでも逃れられるように後ろに身体を傾斜させ、白銀から離れようとする。額が熱くなり、頭の芯が痺れ、断片的に記憶のピースが次々にチャンネルを変えるように浮かんでくる。

砂嵐のようなノイズ入りの画面から、神社へと景色が変わり、そして、今見た……鳥が、血を流しながら倒れていた。紗月は小さな腕の中に抱きしめている――鼓動がどんどん速まっていく。息ができなくなり、頭の中が混乱で絡まっていく。自分が自分じゃなくなるような怖さに襲われ、思わず悲鳴をあげた。

「やめてっ……！」

とっさに、白銀が紗月の唇を手で塞ぐ。そしてすうっと指先を外した。

「わかった。これ以上はもうしないよ。残念ながら、すべてを覗くことはできなかった。私の妖力も落ちたものだね」

白銀は自嘲気味に言って、紗月を見つめた。

「いいかい？　君が夢に見たと言ったものは、夢じゃない。それは間違いなく、君の記憶の一部だ」

「私の記憶の一部？」

「ああ。影野は、君と大事な記憶を共有している。君たちは必然的に出会ったんだ」

「それってどういうこと？　いったい、私たちに何があったっていうの？」

……影野が夢に出てくる少年ということだろうか。それなら、血まみれになっていた鳥は、どう関係するというのだろう。

「人の口から伝えられる事実と、君が持っている記憶は、別のものだ。私が、君に言ったことをすべて丸のみにするのかい？」

紗月は首を横に振るが、白銀が何を言いたいのかわからない。

「だろう？　ただ、一つ教えられることは、君はどうか影野と向き合ってほしい。君が何も言わなければ、あいつは生涯口を閉ざしたままだろう」

そう言う白銀の目元は、やはりどこか憂いを帯びていた。

「さっちゃん」と呼ばれて、紗月は驚いて白銀を見た。いつだったか祖母にもそう呼ばれたことがあった。白銀の言うとおり、夢は夢のままではなく、紗月の失われた記憶の一部なのかもしれない。そう信じさせるには十分だった。

「どうして、その呼び名……」

「影野には君が知るべき秘密があるよ」

白銀は突然ぴくりとミミを動かし、警戒するような顔をする。そして瞬く間に狐の姿に戻ってしまった。

『私だって、ごんぎつねのような運命には、なりたくないものさ』

意味深なことを言い残し、青い狐火をまといはじめる。

「白銀、待って！」白銀は引きとめには応じてくれず、そのまま青白い狐火に包まれるようにして、その場を去った。

第五話　あふれ出す記憶

翌日、紗月は重たい身体になんとか鞭《むち》を打って、いつもどおりの時間に商店街へと向かった。結局あのあとも白銀が言っていたことが気になって一睡もできなかった。

これから店に行って影野とどんなふうに顔を合わせたらいいかわからない。

影野があやかしであることを紗月が知ったと気づいたら、彼はどんな態度をとるだろうか。出会った当初からつれなかった彼を想うと、再び拒絶して、そのままいなくなってしまうのではないかという不安が頭をよぎる。

影野には秘密がある――と白銀は言っていた。

（秘密……それは、あやかしであったということ以外に、何があるの？）

怪我をしていた鳥、血まみれになった手、断片的に見せられたおそろしいパズルが浮かび、紗月はつながりを消すように頭をぶんっと振った。

白銀から聞いた話が頭の中に築き上げられ、夢に見てきた内容が砂のような脆い記憶の城を作っては、押し寄せてくる混乱の波に消えていく。

どこまで白銀を信用していいかわからないが、夢ではなくやはり紗月の記憶の残滓《ざんし》なのだろう、ということは漠然と感じている。

十歳までの記憶がないという話を、以前に影野にしたことがあった。そのとき、彼は特に何かを言うわけでもなく聞いていただけだった。何もおかしな反応はなかった。

（それとも気づかれたくなくて黙っていた？）

影野は出会った頃から秘密主義で、そういう性格の人なのだと思って受けとめていたが、彼がやたら心配したり隠していたりするのは、紗月に関わることなのだろうか。

（どうしてそんなにも知られたくないの？　ほんとうのことを教えてくれないの？）

考えれば考えるほど、反対に気が遠くなり、紗月の記憶にないことまでもが、事実のように書き換えられていくような気がして、不安になってくる。

祖母からの情報では、近所に仲良くしていた男の子がいたらしい。でも、少年の名前も顔も覚えていない。

影野があやかしだったとして、夢に出てきた少年が、夢ではなく現実の男の子だったら……関係があるのだとしたら、その少年が影野ということではないだろうか。

夏祭りの夜に、デジャブのような面影が重なるような、不思議な体験をした。あれは錯覚ではないのではないだろうか。あれが紗月の五歳のときの記憶だとしたら、そして少年が影野だったとしたら、その先の二人はどうなっているのだろう？　そして、白銀が紗月の記憶を取り戻したがっているのはどういう意図なのだろう。本当に白銀の言うことを信用していいのだろうか。考えれば考えるほど、混乱は極まるばかりだ。

「ねえ、ちょいと、そこのお嬢さん」

道すがら、凛とした女性の声に引きとめられ、紗月は振り返った。

そこには、和服美人……珠華の姿があった。

「あ、こんにちは……」

とっさに挨拶をしたところ、彼女の艶やかな口元から、ふふっと上品な笑い声が漏れてくる。しかし何か意味ありげな視線を感じて、紗月は何だろうと首を傾げた。

「店主が熱をあげている子っていうのは、あんたなのかい？」

思いがけないことを言われ、紗月はぎょっとして首を横に振った。

「とんでもありません。そんな関係では！」

「まあ、いいんだけれど、その店主から頼まれたのさ。出勤途中のあんたに会ったら、仕入れ先に案内してくれってね」

「影野さんが？」

「ええ。だから、私についてきてちょうだいな。終わったらすぐ、鴉翅堂書店に行けるようにね」

「わかりました」

紗月は頷きつつ、影野がそこまで珠華を信頼しているのだと思うと、やはり複雑だった。今まで紗月にはただの一度も仕入れ先を教えてくれたことはなかった。それを第三者づてに知るなんて。しかも珠華から教えられるなんて。

「なんだい？　不満顔だね。あたしじゃあ、不服っていうのかい？」

「いえっ。私はそんなことは……あの、どこまで行くのでしょう?」

「神社の鳥居の向こうだから、けっこう歩くかもしれないね」

珠華はそう言ったっきり、紗月に構わず歩き続けた。何か世間話をするような空気でもなかったので、とにかく彼女のあとをついていく。神社の鳥居を通りすぎ、あぜ道から山道へと入った。だんだんと木々に遮られ、陽の光が届かない場所へと進んでいく。ここは……入ってはいけないと言われるけもの道だ。

「珠華さん、いったん引き返して、別の道を行きませんか?　この一本向こうに、神社に繋がっている裏参道があって、散歩道があるんです」

「ああ、構わないさ。あんたを喰《く》えるなら、どこだってね」

振り返った珠華の顔にひびが入り、禍々《まがまが》しい空気が蠢《うごめ》きはじめる。

「……っ」

紗月はあまりの恐怖に言葉を失い、彼女から離れようと後ずさった。しかし、あまりの恐怖に足が竦んで動けない。彼女の形相《ぎょうそう》がおそろしく変わってゆく様子をただ茫然と見ていた。みるみるうちに彼女は巨大な蜘蛛の姿になってゆく。

『その恐怖にまみれた顔、たまらないねぇ。まんまと騙された気分はどうだい?』

珠華の手から放たれた糸に搦《から》めとられ、一瞬にして、身動きがとれなくなる。

『さて、どこから喰ってやろうか。あんたが生きているのが気に入らないと思っていたんだ』

その姿は、絡新婦《じょろうぐも》……女郎蜘蛛とも書く妖怪だ。それぐらい紗月にもわかる。生々しいその姿を前にして、背筋が凍りついた。そういえば、閉店間際に大きな蜘蛛が手をもぞもぞと這うように現れたことがあった。

あのとき、影野が「妙な怨恨を残すような対処をするな。その方がずっと厄介だ」と言っていた。もしかして、影野が警戒していたのは、白銀のことではなく、珠華のことだったのだろうか。

『このところ気分が悪くて仕方ないよ。あたしだけじゃないよ。透馬村に住んでいるあやかしがざわついている。ねえ、あんたにも身に覚えがあるだろう？』

「私にはわかりません」

紗月はそう答えるしかない。しかし珠華はますます顔を歪める。

『わからないなら教えてやろう。あんたがあの人と接点を持ったせいだよ』

「私が影野さんと接点を持ったら、何がいけないの？」

『お気楽なもんだね。あんたはただ忘れるだけでいい。でもあの人は、あんたのせいで、消えてしまうんだよ』

それを聞いて、紗月は驚く。「消えるって、どういうこと？」

『あやかしが消えるということが何を意味しているかわからないのかい？　この現世《うつしよ》ではない。幽世《かくりよ》の先……黄泉《よみ》という世界に行くんだよ。聞いたことくらいはあるだろう？』

紗月はその意味を考え、言葉を失う。黄泉すなわち死――だ。

「そんな。どうして……」

『影野が去ろうとしているのはね、力を失いつつあるからさ。このままでは魂がもたない。それもこれも全部あんたのせいさ』

言われていることを理解しようとした。だが、なぜなのかがわからなかった。

「私のせい……？」

『そうさ。あんたが関わったせいだ』

「そんなの、いやよ。影野さんが消えてしまうなんて。私にできることがあるなら、何でもするわ。だから……教えて」

紗月が必死に訴えかけると、珠華は今にも喰い殺さんといわんばかりの悍《おぞ》ましい表情を浮かべ、紗月に掴みかかってきた。

『だったら、こうするほかにないねっ……！』

縞模様の長い肢《あし》が紗月を捉えて、骨身をめりめりと軋《きし》ませる。

「あぁあっ……！」

『はん。今さらどうしたらいいかだって？　そういうところが憎くてならないんだよ。何も知らずに平和な顔をしてのうのうと生きているあんたがね！』

よりいっそう強く縛りつけられ、息ができなくなる。絡新婦の鋭い牙のようなものに襲われる――覚悟をしたそのとき、突如、ごうっと風が吹き抜けた。

その勢いは凄まじく、紗月を捉えていた珠華が忌々しげに離れ、風を起こした主に矛先を向ける。

『誰だいっ！　邪魔をするのは！』

紗月は意識が朦朧とする中、必死に地面を這うようにして身体を起こした。早く、早く、逃げなくては……必死に立ち上がろうとすると、息を切らした影野の姿が見えた。

「大丈夫かっ？　紗月」

「影野……さんっ！」

(助けにきてくれたんだ……！)

勢いあまって影野にしがみつこうとしたが、珠華がそれを妨害した。思いきり、紗月の足を引っ張ったのだ。膝が地面に擦られ、鋭い熱が走る。

「きゃあああっ」

「やめろ！　珠華！」

『まったく、気づくのなら、この子を喰っちまったあとにしてほしかったね。あんただって、残酷な場面をできたら見たくないだろう？』

もぞもぞと這い回る肢に絡めとられ、紗月はぞわりと身震いがした。

「どういうつもりなんだ、珠華。すぐに紗月を離せ！」

『影野、この際だから言っておやりよ。この子のせいで、あんたが苦しんできたことを。あたしは、あんたのためを思っているんだよ』

猛然《もうぜん》と襲い掛かろうとする珠華に、紗月は目をぎゅっと瞑った。身体中が茨《いばら》に締めつけられているような痛みで、窒息《ちっそく》しそうになる。骨が軋んで今にも粉々になってしまいそうだ。

『もっと苦しめ。楽になろうと思うな』

我を忘れた珠華が、よりいっそう四肢《しし》に力を込める。心臓が破裂しそうだった。

「ああああっ」

「珠華！　やめろ！」

影野が叫んだ。刹那、刃のような風が巻き起こり、絡新婦を弾きとばした。

『ぎゃああっ』

悍《おぞ》ましい呻き声が耳を劈《つんざ》く。紗月の身体が自由になり、すかさず逃げようとした。

だが、絡新婦の最後の抗《あらが》いが、紗月の背後に迫る。

『逃がすものか……！』

黒い渦をまとった禍々しい触手が、紗月をめがけて振り下ろされる。

「紗月！」

もうだめだ……そう覚悟を決めたそのとき、どんっと身体が突きとばされる。代わりに攻撃をくらった影野が叫び声をあげる。

「だめ！　やめて！　あなただって、影野さんが大切なんでしょう!?」

あわや身を貫かんとしたところで我に返った絡新婦が蜘蛛の糸を操り、影野を地面にゆっくり下ろした。

珠華はあやかしの姿からいつもの人の姿に戻った。しかし、代わりに、黒い翅がゆっくりと舞い降りてきて、紗月の頬をくすぐる。

「紗月、大丈夫……か？」

苦悶《くもん》の表情を浮かべながら、影野が顔を覗き込んでくる。突きとばされてすぐ、彼が抱きしめてくれたらしい。彼の背には人間にはない、黒い羽が広がっていた。

（黒い羽……）

神社で傷ついた鳥、泣きじゃくる少女、血だらけの手……夢幻の中に見えた、黒い羽……断片的な記憶の欠片が、繋がっていくのを感じる。あと少しで掴めそうなところまで。だが、目の前の衝撃的な光景がちらつき、そこから先へゆけない。

ただ一つわかることは、彼が人ならざる者、つまり、あやかしだということだ。

「影野さんはやっぱり……」

そこから声にならずに見つめていると、彼は悲しげに睫毛を伏せた。

「俺が怖いだろう？　できるなら、この身がある間、おまえには知られたくなかった」

紗月はそんなことはないと伝えたくて、必死に首を横に振る。

あやかしである姿を、彼は見せたくなかったのかもしれない。けれど、彼は彼だ。

伊織や白銀のときと同じように受け入れたい。そう言葉にしたかったのに、うまく出てこない。すると、影野は悲しげな面持ちのまま、こちらを見つめる。得体の知れない不安が、紗月の胸に渦巻きはじめる。鼓動は知らずに早鐘を打っていた。

(どうして、そんな何もかもを諦めた顔をするの……)

「あんたは……そうまでしても、守りたいのかい、その子を」

影野が放った風の刃によって傷ついた珠華は、苦しそうに呻きながら涙をこぼす。

「珠華、俺はおまえを傷つけたいわけじゃない。だが、この子に手を出すことは許さない。わかってくれ……」

影野がよろめき、がくりと紗月の身体ごと地面に沈む。

「影野さんっ？」

紗月は慌てて膝をつき、影野の顔を覗き込んだ。

どこかを痛めたのだろうか。彼は眉間に皺を寄せ、苦悶の表情を浮かべている。

紗月は目の前の異変にハッとした。彼の肩から大量の血が流れている。そればかりか、影野の姿がちらちらと透けて見えるのだ。

珠華が、項垂れる。

「……あんた、自分がどうなっているのかわかっているのかい。今にも消えそうじゃないか。それなのに……」

「私の、私の……せいだわっ」

取り乱した紗月の腕を、影野が自分の方にぐっと引き寄せる。しかしその力も、いつになく弱々しい。

「違う。おまえのせいじゃない」

「でもっ」

「誰のせいでもない。時期が来れば、もともと俺は消える運命だったんだ」

「どうして、影野さんが消えなくてはいけないの？」

影野は苦しそうに喘《あえ》ぎながら、「それは……」と言葉を詰まらせる。だが、その先の答えは一向に聞こえてこない。

「少し、力を……使いすぎたようだ……」

影野が目を瞑る。そのまま息絶えてしまうのではないかと心配になり、紗月は必死に呼びかけた。

「影野さんっ！　影野さんっ！　しっかりして！」

影野は傷ついた身体を横たえ、苦悶の表情を浮かべたまま、浅く息を繰り返す。痛みで気を失ってしまったのか、動かなくなってしまった。

紗月は泣きじゃくりながら、影野に寄り添った。

「このままじゃ影野さんが、死んじゃう……！」

早く、早く、助けなくては。気が急くのに、動転していてどうしたらいいか思い浮かばない。

「影野！」

　突如、声が割って入った。その方向を見れば、白銀が慌てたようにやってくる。彼は青ざめたような顔で、影野の側に膝をついた。

「いったい、どうしたというんだ。こんなに衰弱して……これでは、あのときの繰り返しではないか」

　白銀が悲痛な面持ちを浮かべる。

「珠華、いったい何をした」

　白銀が毛を逆立てるように威嚇《いかく》する。珠華には反撃する力もなく、その場に頽《くずお》れている。

「とにかく、早く、影野さんの手当てをしないと！」

　紗月は自分を必死に奮い立たせようとするが、足ががくがくと震えて力が入らない。

「……っ」

　そのとき、影野の唇が僅かに動いた。

「影野さんっ！　私の声が聞こえる？」

「……さ、……つ……き、……」

　うわごとで影野が紗月の名前を呼ぶ。その唇が、その瞳が、まるで別れの言葉を告げようとするかのように見え、紗月はその先を遮る。

「だめっ……消えるなんて言わないで！」

紗月は涙をこぼしながら、影野の手を握る。

「このままでは……すぐに手当をしなければ」

白銀の言葉に頷いたとき、遠くから誰かが紗月を呼ぶ声がした。

「――紗月さん！」

声の主は、伊織だった。こちらに息を切らして走ってやってくる。

「伊織くん、お願い、手伝ってっ！」

藁《わら》をもすがる思いで、紗月は叫んだ。伊織がさらに急いでこちらに駆けてくる。彼はうしろに誰かを連れていた。伊織にそっくりの顔をした青年、あれが片割れだろうか。それから杖をついた老婦だ。紗月は老婦の顔に見覚えがあった。鴉翅堂書店を訪れた老婦に本を薦めたことがあったのだ。

伊織は紗月の視線を感じとり、紗月を急かした。

「山がざわついていたと思ったんだ。とにかく、説明はあとだ。ここは幸い、神社の裏参道に繋がってる。急いで神社の方に運ぼう！」

側にいた伊織にそっくりの青年も頷く。

「どうしよう……影野さんが……このままじゃ……」

「大丈夫だよ、紗月さん。僕には神様から授かった癒しの力があるんだ。なんとかするよ」

「ほんとうに？　助かるよね？　大丈夫だよね？」

「うん、だから、泣かないで、今は、みんなで力を合わせよう」

側に控えていた伊織そっくりの青年が頷いてみせ、先を急かした。

「伊織の言うとおりだ。皆、急げ」

紗月は、今にも頽れそうな身体を必死に奮い立たせ、自分にも鞭《むち》を打とうとする。しかし膝が震えて思うようにいかない。すると、白銀が紗月を抱き上げてくれた。

「君は私が運ぶよ。狛犬たちよ、影野を頼んだ」

白銀の手から放たれた青白い狐火が、影野の身体を包み込み、伊織たちの側へと連れていく。紗月はというと、情けなくも体に力が入らなかった。

「私、私……どうしたら」

「君も怪我をしているんだぞ。影野のことを思うのなら、自分のことも考えてくれ」

白銀が紗月を抱いたまま、やさしく諭す。紗月はあとからあとから溢れてくる涙を拭い、本堂に運ばれていく影野の後を追った。

紗月は幸い軽傷だった。手当てをすると言われたが断り、伊織たちの側で影野の手当てを手伝った。何枚もの手拭いを使い、止血をする。その間にも、影野の身体が透けて見え、今にも消えてしまうのではないかと不安でたまらなかった。

「血が……止まらないわ。それに、透けて……影野さんが、消えちゃう……！」

「紗月さん、落ち着いて。反対のことを考えて。側であなたが願うんだよ。僕が、今、妖力を使って、抑えるから。想いや言霊は、僕たちの何よりの力になるんだ」

伊織の身体から、何か光の粒子がたちのぼっていた。そして彼の手からゆっくりと影野の身体に吸い込まれてゆく。紗月は、伊織に言われるがまま、両手を握って心から祈った。

どうか、神様――私の願いを叶えてください。影野さんの傷が無事に癒えますように。目を開けてくれますように。私の命をわけても構わない。だから、どうかお願いです――どうか。

どのくらいそうしていただろうか。やっと血が止まってくれた。伊織が青年と一緒に水を汲みに行ってくれたので、紗月は老婦と一緒に綺麗な布を用意し、血に濡れた影野の身体を拭き、それから丁寧に包帯を巻いた。痛々しく傷ついた身体を見ると、目を伏せたくなる。けれど、自分が負わせてしまった傷から目を逸らしてはいけない。

（ごめんなさい。影野さん……私のために……あなたを、こんなに苦しめた）

あれほど忠告されていたのに、警戒もせずに絡新婦についていったりしたから。

「影野さん……」

包帯を巻き終えた紗月は苦しそうに顔を歪める影野の手をぎゅっと握りしめた。伊織が影野の身体に手をかざす。さっき立ち昇っていた光の粒子が、再び伊織の手から影野の身体へと伝わっていく。そして全身を包むように柔らかく光り続ける。伊織の額からは汗が流れていた。彼もまた苦しそうだ。

「伊織くん」

不安になって声をかけると、伊織は頷いてみせた。

「大丈夫だよ。異変を感じとって、紗月さんたちを追ってきたんだ。見つけるのが間に合ってよかった」

「……影野さん……助かるよね？」

「うん。ぜったいに……このままになんてさせないよ」

伊織の手が影野の傷のあたりに触れるたび、やわらかな光に包まれ、光は影野の体内にどんどん吸い込まれていく。影野はそのたびに苦しそうに呻き、耐えている様子である。

「辛いけど、耐えて……毒を浄化するまで……もう少し、だから……！」

伊織が声をかけ、その隣で紗月は祈るように影野の手を握りしめながら、何かできることはないかと、そればかりを考えた。

「僕らが神様から預かった力はこの程度だ。あとは傷がゆっくりと治るのを待つしかない」

伊織と同じように側にいた相棒も頷く。彼の名は紫織《しおり》といい、思ったとおりもう一対の狛犬だった。彼もまた伊織と同じように妖力を使って、交代で手当てをしてくれた。

白銀は縁側で項垂れている様子である。

紗月は、目を瞑ったままうなされている影野の手を握り続けた。しばらくすると、ぴくり、と指先が動き、紗月は影野の顔を覗き込む。

「影野さん……!?」

「さ、つき……」

「よかった、目が覚めたのね……!」

紗月は、影野が何かを言おうとするのを、唇の側で待った。

「おまえ……は、無事、なの……か……?」

どうやら、自分の状況がよくわかっていないらしい。

「私は無事。だから、心配しないで……っ」

こんな状態になってまで、彼は自分よりも紗月のことを心配する。その気持ちに、せつなくなってしまう。涙がぽろぽろとこぼれて、影野の顔がにじんで見えた。

「なんだ、そんな顔をして……俺は、すぐに、よく……なる。だから、泣く、な」

いつもの影野の調子が見られると、ますます泣きたくなってしまった。

「泣いてないわ。話ができて嬉しいの」

紗月は影野が気を病んでしまわないように、強がりながら涙を拭った。

「紗月」と、影野が弱々しくも、甘く呼びかける。

きゅっと握り返された手を、紗月はさらに握り返す。

「どうして……こんなにまでして、私のことを守ってくれるの……」

「それは……おまえが、大切だからだよ」

影野が紗月をまっすぐに見つめる。その眼差しには少しも嘘はなかった。彼は続けて、震える唇をゆっくり動かした。

「……たとえ、おまえが忘れてしまっても、ずっと……想っていた。俺は、おまえのことが……好きだ、紗月……」

紗月は、その声を聞いて、息をのんだ。

力など残っていないはずなのに、強く握られた手からは、彼の情熱が伝わってくる。

「それじゃあ、私が忘れているのは、影野さんのことだったの？　ずっと想っていたって、どうして……言ってくれないんですか」

涙が目から一気にふきこぼれた。影野は悲しげに睫毛を伏せる。息をするのも苦しそうだ。紗月は影野の手をぎゅっとまた強く握りしめた。

「影野さん……っ、私も……私も、あなたのことが……好きです。だから……」

影野が力なく微笑み、辛そうに眉をしかめて呻く。

「私、前に影野さんが握ってくれたみたいに、ずっと手を握っています。だから、今は身体を休めてください。ずっと、側にいますから」

すると、安心したように影野は目を瞑った。

(影野さんの気持ちが、すごく嬉しかった。なのに、消えてしまうなんて、あなたが側からいなくなってしまうなんて……そんなの考えられないよ……)

いつまた危篤《きとく》になるかもしれないと思うと、影野の側を片時も離れられなかった。

いつの間にか日が暮れて辺りは真っ暗になり、旧本堂に仄かな燭台《しょくだい》の光が灯された。

紗月はあれから母に連絡を入れ、仕事が遅くなることを伝えたあと、眠り続ける影野の側にずっと付き添っていた。

老婦が、燭台をもって紗月に声をかけてきた。

「お嬢さんも休みなさいな。何も食べんと、こんなところで身体に触るよ」

そう言い、紗月の肩に綿入りの半纏《はんてん》をかけてくれた。冷えきった身体がふんわりとあたたかい温もりに包まれる。

「おばあさん、ずっと遅くまで手伝ってくれてありがとう。おうちの人は心配しない？　大丈夫なの？」

「いいや。気にしなさんな。私こそお嬢さんにはお世話になったからねえ。大事な人を想う気持ちはよくわかるからねぇ。今、狛犬たちが一生懸命、お嬢さんのために雑《ぞう》炊《すい》を作っていたよ。こういうときこそ、たくさん食べんと、いけないよ」

紗月は静かに頷いた。今、伊織と、伊織の相方の紫織が交代で手当てをしてくれていたのだ。そういえば老婦もあやかしだと影野は言っていたのだった。

「おばあさんは……」と言いかけて隣を見ると、老婦の姿がいつの間にか猫の姿に変わっていた。しかも二つ尻尾があり、ゆらりと揺れていた。

「あっ」

どうやら、老婦は紗月の考えていることがわかったらしい。

『私はね、猫又《ねこまた》の満江《みつえ》だよ。二十年ほど生きたあと、あやかしになったんだ。ひ孫といったのはね、私を飼っていたご主人様のひ孫さ。もう猫又になってからの方がずっと長いんだよ。鴉翅堂書店では世話になったねえ』

尻尾をそれぞれゆらゆら動かしながら、満江は言った。きっと彼女は誰に頼まれるわけでもなく、四歳の男の子の子守をしてあげていたのだろう。

「あのあと、ひ孫さんは、泣かないでおりこうにしていられたかしら」

『あぁ。おかげさまでね。〝よるくま〟の絵本は大のお気に入りさ。それよりも今は、お嬢さんの方が心配だよ』

紗月は頬にすり寄ってきた猫又の満江をそっと抱きしめた。

「今だけでいいの。おばあちゃん……って呼んでもいい？」

思わず、紗月は自身の祖母に姿を重ねて、頬を寄せる。そうしたくなるぐらい、心も体も疲れていた。

『ああ、好きに呼んでくれて構わないよ。そうだ、お嬢さんのところのおばあちゃんのことも、私は知っているんだよ。ご主人様のおうちはね、あそこの病院の近くの家なのさ』

「そうだったのね。知らなかったわ」

『おばあちゃんはお嬢さんのことをとっても心配していたよ。いつか……先にいなくなるときが来たとしても、誰よりも幸せになってくれることを願っていると言っていたよ』

満江は紗月の背中をぽんぽんと長い尻尾であやしてくれた。

(おばあちゃん……)

涙が涸《か》れるほど泣いたはずだったのに、また溢れてきそうになり、紗月はぐっとこらえた。今、一番に辛いのは影野なのだ。何もせずに泣いてばかりいるわけにいかない。

「ありがとう、おばあちゃん。私も、伊織くんたちのお手伝いしてくるわ」

『なぁに、大丈夫。すぐによくなるさ。さて、ちっとばか、あの美丈夫に化けた狐様の、話し相手でもしてこようかね。あちらも傷心のようだからね』

満江はおばあさんの姿に戻って紗月にウインクをすると、縁側で沈んでいる白銀のもとへ行った。そうだ、白銀にとって大切な友だちだと言っていた。あんなふうに取り乱した白銀を見るのは初めてだった。白銀の背中がとても寂しそうに見える。あとで彼にもお礼を言わなくてはならない。

「紗月さん、雑炊ができたよ！　一緒に食べよう」

伊織が、元気いっぱいの笑顔で声をかけてくる。手伝いをしたかったが、どうやら一足遅かったようだ。既にお盆に載せられた土鍋から湯気《ゆげ》が立ち昇り、美味しそうな匂いが漂ってくる。

「ありがとう、伊織くん。私、甘えてばかりで、自分のことばかりでごめんなさい」

「そんなことないよ。一生懸命、看病してるじゃない。紗月さんには、影野さんの側に付き添うことが、何より大事だよ」

はい、と紗月の分のお盆を渡してくれ、隣に座った伊織は、丸いミミをひょっこり動かして、さっそく美味しそうにほおばる。その姿を見ると、とても癒される。

「紫織くんも、ありがとう」

紗月はすぐそばの縁側のところにいた紫織にもお礼を告げる。洗濯した衣類を干してくれていた紫織は、硬派に頭を下げるだけだった。

「ほらほら、食べて」と伊織に急かされ、紗月はさっそくごちそうになる。あつあつの雑炊は出汁《だし》が効いていて、卵がふんわりととろけていて、いい塩加減だ。自分が思っているよりも身体が冷えているみたいで、舌でとろけて食道に流れ込んでいくと、しゃっくりが出そうになる。それを見て、伊織は笑った。

「あはは、ゆっくり食べないとね」

「うん、すごく美味しいよ。伊織くんは、器用だよね」

紗月が感心したように言うと、伊織はえへへっと嬉しそうに頬を緩ませた。

「これはね、実を言うと、猫又の満江おばあさんのレシピなんだよ」

「そうなんだ。私も教わりたいな。出汁が効いていて、とっても美味しいもの」

紗月が喜んで言うと、伊織はれんげで土鍋の中の雑炊をかき集め、迷いながらも口を開いた。

「実はさ、ほんとうのことを言わないでいたんだけど、ボクたちはね、紗月さんが小さい頃に神社を訪ねてきてからずっと、ずーっと知っているんだよ」

そう言って、伊織は耳を垂らした。紗月はなんて言ったらいいか言葉に詰まった。

伊織のこともわからない。何もかも忘れてしまっているのだ。

「紗月さんは、ボクの頭をいつも撫でてくれた。誰も見向きもしない中、あなただけがボクに声をかけてくれてやさしかった。とっても嬉しかったんだ。だから、大好きになったんだよ」

伊織がやさしく微笑む。あやかしたちのやさしさにますます涙が溢れてくる。今になってもなお、何も知らずに生きている自分の不甲斐なさと、影野への募る想いとで、どうしようもなく胸が痛くて、紗月の瞳からは次々に涙がこぼれていく。

『……たとえ、おまえが忘れてしまっても、ずっと……想っていた。俺は、おまえのことが……好きだ、紗月……』

影野の言葉が鼓膜に蘇ってくる。忘れていたことが大したことじゃないなんて、どうして今まで振り返ろうとしなかったのだろう。こんなにも大切なことだったのに。

「ボクは東京にこっそり出てあなたの様子を見に行ったんだ。いわゆる偵察係さ。駒川伊織という少女漫画家になって、ね」

自分だけが何も知らなかった。影野の想いも、伊織の想いも、気づかないまま。珠華が怒るのも無理はない。言われるとおり、のうのうと生きてきたのだから。

「私は知らないことばかりだった。あなたたちにたくさん守られてきたのに。……私は他にどんなことを忘れているの？」

本当は、一番心にひっかかっている「自分のせいで影野が消える」という珠華の言葉の意味を知りたかった。でも、今の紗月にはそれを言葉にして訊く勇気がない。忘れていることを思い出したい一方で、真実を知ることが怖い。

「それは……やっぱり、紗月さんが、ちゃんと影野さんの口から聞かなくちゃ。僕が勝手に話すことじゃないと思うんだ。ごめんね。でも、これだけは言える。今回のことは、紗月さんのせいじゃないよ？　珠華とのことは誤算だったかもしれないけど、約束の時が近づいていたのは事実なんだ。その残された時間で、影野さんは……誰より大事なあなたを助ける道を選んだ。無事だったこと、ホッとしているはずだよ。だから、紗月さんはけっして自分を責めないで」

「でも、このままでなんていられない。思い出したいよ、影野さんと出会って、一緒に過ごしてきた時間……取り戻したい。みんなのことだって思い出したいよ。いなくなるなんていや……」

「……僕も、できることがあれば何でも手伝うから、まずは元気を取り戻すことが先だよ。看病係が参っていたら話にならないでしょ？」

「ん、そうだね。ありがとう、伊織くん」

「さぁさぁ、あったかいうちにたんと召し上がれ」

紗月は伊織と肩を寄せ合い、残りの雑炊に手をつけた。お腹がいっぱいに満たされると、胸の奥にもやさしいあたたかさが灯る。どんなに疲れていても、やっぱり食事は大事だ、と紗月は思った。そして、影野にもおいしい料理を食べさせてあげたい。

そんなことを考えながら、手を進める。だんだんと涙の味が混ざってきそうになり、慌てて目尻を拭った。すると、伊織がそっと声をかけてくれる。

「影野さんが元気になったら、作ってあげるといいよ。きっとわざといやそうな顔しながらも、喜んで食べてくれるよ」

「うん」

紗月は泣き笑いみたいな顔になってしまう。そのまま、少女の頃のようにわんわんと声に出して泣いてしまいたい気持ちを我慢して、伊織が作ってくれた雑炊を大事に、大切に、味わうのだった。


影野はしばらく眠り続けた。ようやく目を覚ましたのは二日後のことだった。一命をとりとめたものの、やはり身体の調子が悪そうで、皆は引きとめたが、影野はいつまでも世話になっていられないと言い、白銀や伊織たちの力を借りて、紗月と一緒に古書店に戻ってきたのだった。

「やっぱり、ここにいると落ち着くな」

鴉翅堂書店の戸を開けるやいなや、影野はそう言い、店を見回した。しばらく掃除もしていなかったのでちょっと埃っぽい。けれど、店の独特の匂いと空間に癒しを感じるのは紗月も一緒だった。

ふらつく影野を、紗月は慌てて支える。

「悪いな」と言い、影野がカウンターの椅子に腰をおろすのを手伝う。

「身の回りのことと、お店のことは私がしますから、奥の部屋でゆっくり眠っていてください」

「押しかけ女房か」と笑うので、紗月の顔が無意識に赤くなる。

「それだけの元気があれば大丈夫ですね」

しかしその言葉には、影野は答えない。

不安を打ち消すように、紗月は言葉を繋げる。

「どうして、本当のこと、教えてくれなかったんですか」

「俺が、あやかしだっていうことを、か？」

直接的に聞き返され、どきんと心臓が高鳴る。知られてしまったからには秘密主義を貫くこともなくなったという感じだろうか。刺々しさが抜けて、無垢《むく》な空気が漂っている。そんな彼が眩しくて、なおさら愛しくて、彼が何者であろうとも、この胸に芽生えた恋は、消えることなんてないんだ、と実感するばかりだ。だからこそ、すべてが知りたい。一人で苦しまないでほしい。その気持ちが紗月を奮い立たせた。

「教えてください。本当のこと。私が忘れているすべてのこと」

そう伝えると、影野は黒い瞳をわずかに揺らした。

「おまえは、いつも神社で一人で遊んでいた」

紗月は頷く。

「ある日、いつもと同じように神社で遊んでいると、今にも息絶えそうな鳥を見つけた。おまえは……小さな腕でそっと包んで、怪我の手当てをした」

断片的に浮かんだ記憶——怪我をしていた鳥、血にまみれた映像、怖くてふたをしてしまった、あの記憶のことを、紗月は思い浮かべる。

「その鳥はカラスバトという」

「カラスバト……」

「おまえのおかげで、一命をとりとめたカラスバトは、その後、神様に彼女に恩返しをさせてほしいと頼み……少年の姿になった」

少年、という言葉に紗月がつよく反応すると、影野は続けて言った。

「その姿で、カラスバトは神社にやってくるおまえに、会いに行ったんだ」

「それじゃあ、私の夢にたびたび出てきたあの子や、おばあちゃんから聞いた、仲のよかった男の子っていうのは……」

影野の漆黒の瞳を見て、紗月はこれまでのことを思い浮かべる。

影野の背に見えた黒い羽、人ならざるあやかしであること、夢の中にあらわれた少年、そして、約束――それらがパズルのピースのように浮かび、次々にはまっていく。

「……影野さんが」

『約束だよ。忘れないで』

その声が不意に鼓膜に蘇ってくる。

「俺は、カラスバトのあやかしなんだ」

そう言うと、影野は少し辛そうに息を乱した。

「影野さんっ？」

「傷口が疼《うず》いただけだ。悪いが、少し休ませてくれ」

「……わかりました。何かしてほしいことがあったら遠慮なく言ってくださいね」

影野は答えなかった。きっと今後も影野は言わないだろう。だから勝手に世話を焼かせてもらう。結局、すべては聞けなかった。でも、彼が望むようにしよう。

とにかく紗月は自分にできることなら何でもしたいと思った。

翌日、紗月は出勤前に神社にお参りに行き、影野の回復を祈った。そして影野の看病をする傍ら、鴉翅堂書店を開けて、店番をした。店を閉めたらまた神社にお参りに行き、伊織や紫織に状況を報告し、家に帰った。

紗月が自宅に帰っている間は、白銀や満江が代わる代わる、影野の側についていてくれる。それが心強かった。

そうしているうちに一週間が経った。少しずつ影野の傷は癒えていき、この頃は紗月が作った料理を食べてくれる。しかし、肉体的な傷は癒えても、彼に残された時間は変わらないのかもしれない。ちらちらと消えかけている時間が日に日に長くなっていくのを、紗月は感じていた。

『約束だよ。忘れないで』

（あれは、影野さんの……声だったのね）

まもなく昼という頃、紗月はいったん古書店の扉を閉めた。そして、影野が夢の中の少年だと知っても、すべてを思い出せない自分をはがゆく思いながら、奥の部屋で寝床についている影野を見つめた。

不意に、部屋にある段ボールが目に留まった。たしか後から整理をすると言っていたワケアリの本が入っているはずだ。気になってそこから一冊取り出してみる。すると、『ラチとらいおん』という絵本が出てきて、紗月は懐かしさのあまり無意識に頬を緩ませる。

「この本、大好きだったわ」

ライオンの尻尾を掴んで暗闇を歩く少年の絵が描かれた表紙を捲りつつ、ひとりごちる。

世界一、泣き虫で弱虫のラチという主人公の男の子がいた。ある日、僕もこうなれたらな、と憧れていた百獣の王の絵を描いたら、なんと翌朝目覚めると、小さな赤い『らいおん』がいた。それからラチはらいおんと一緒に過ごすようになる。

　ラチはらいおんに出会って強くなり、やがて対等でいられるように、そしてついには、一人でも勇気を持って行動できるようになった。すると、らいおんはラチの前から消えてしまった。らいおんは、もう自分がいなくてもラチは大丈夫だと思ったのだ。

　去ってしまったらいおんを想い、涙を流すラチ。しかし心の中にはいつまでもらいおんの存在があり、彼がくれた志が胸に灯っている。きっとこれからは何があっても大丈夫——そう思わせてくれる、勇気が出る絵本だ。

　最後まで読んで、しばしほっこりしてから背表紙を何気なく表に向けたとき、紗月は息をのんだ。

　なぜならそこに子どもらしい字で、『まやま　さつき』と名前が書かれてあったからだ。

「え……うそ、これって……」

　大好きだった絵本なら、すべてとってあるはずなのに、紗月が東京からもってきた本の中にはなかったし、実家にも置いてなかった。紗月の大事にしている『しろいうさぎとくろいうさぎ』の本と同じぐらい日に焼けてボロボロのこの絵本は——。

（あ、まただ……）

　思い出そうとしていると、頭の奥に痺れるような痛みを感じて、紗月は眉を顰めた。

にいた。

「紗月」

名前を呼ばれて、紗月はハッとする。気づけば、起き上がった影野が驚くほど近くにいた。

「影野さん、これ……」

「それは、十年前、おまえに返しそびれた絵本だ」

そう言い、影野は紗月の手元を覗き込んだ。

「おまえは神社に来るたびに一冊、俺に絵本を貸してくれたんだ」

影野は言葉を止めて黙り込む。

「そう……だったんですね」

紗月は思わず、絵本を抱きしめる。そして自分の幼い頃の字をそっと指でなぞる。

お互いが、どれほど会いたかったことか、この絵本の状態からでも伝わってくるようだった。やりとりしていたその絵本を……影野はずっと大切に持っていてくれたのだ。

言葉にならない紗月の側で、影野は遠い目をしながら訥々と語りはじめた。

「一緒に絵本を読んだり、赤い橋の上で遊んだり……毎日毎日、楽しくて仕方なかった。いつも寂しそうにしていたおまえが、俺の側で笑ってくれる。その笑顔をずっと隣で見ていたいと思った。そうしているうちに、恩返しのために現れたことを忘れ、ずっと一緒にいたいと願うようになってしまった」

紗月の夢の中に現れた少年の姿が、ゆっくりと影野の表情に重なってゆくのを感じた。完全に思い出せなくても、少しも違和感を抱かない。ああ、そういうことだったのだ。やっぱり夢なんかじゃなかった。たしかな紗月の記憶だったのだ。

「おまえが事故にあった日は……いつものように神社で会う約束をした日だった」

事故、という言葉に反応して、紗月は弾かれたように顔をあげた。

「本来なら、あやかしが手を加えてはいけない運命だった。だが、俺はおまえの命を繋ごうとした。どうにか、おまえは一命をとりとめたが、事故の後遺症で記憶が失われてしまった。俺は持っていたほとんどの妖力を失った。それもこれも、すべて、俺が欲張りになったために、起きたことだ……」

『あんたのせいで、消えてしまうんだよ』

珠華の言葉が脳裏に甦った。自分が事故に遭ったせいで、影野の命が縮まった——頭では理解できても、心が追いつかない。ショックでバラバラになりそうになる心を感じながら、紗月は言葉を絞り出した。

「そんな。だって、影野さんは私を……命懸けで助けてくれたのよ」

「おまえが誰よりも、何よりも、大切だったからだ。失いたくなかった。それは、俺のわがままだ」

諦めたように自嘲の笑みを浮かべる影野を見て、紗月は何も言葉にならなかった。

命を救ってもらっていながら、自分だけ都合よくその記憶を失くしていたなんて……自分自身への怒りで涙が滲んだ。それほどまでに影野が大切に想っていてくれたのに、紗月だって会いたいと思っていたはずなのに、こんなに大事なことを忘れてしまっていたなんて。それを知ったのが今だなんて……。

「それから俺は、もう二度とおまえに関わるまいと心に誓った。力を失い、生きる時間が減ったことをむしろ良かったとさえ思った。おまえから忘れられ、永遠に叶わぬ時間を過ごすよりも、いつか消えてゆく方がいい。それから俺は死に場所を探すうちに、廃業して空き家になっていたこの店に身を寄せるようになった」

影野が睫毛を伏せ、それから古書店を見回した。

「どうしてだろうな。もう二度と俺のことを思い出すことのないおまえのことばかりを考えていたら、いつの間にか……古書店を営んでいた。おまえは絵本が大好きだっただろう？　あの頃、傷ついて孤独だったおまえを救ってくれていたのは絵本だ。それを俺は横で見ていたからな。無意識に俺はおまえを求めていたんだろう」

懐かしむような目で語る影野に、たとえようのない愛おしさと切なさが同時にこみ上げる。これ以上影野を苦しめたくなくて、紗月はぎゅっと拳に力をこめ、目に涙をためながら、わざと気丈な調子で訴えかけた。

「どうして、今までずっと教えてくれなかったんですか。いつも無口でぶっきらぼうで傲慢で、好きっていう態度なんて見せてくれなかったくせに」

文句を言うと、

「……俺がいつおまえを好きだと言った」

紗月の気持ちを察したのか、挑発するように影野が返す。

「眠り続けている間に、忘れたなんて言わせませんよ。今のだって、告白に聞こえましたが、違うんですか？」

紗月も揶揄するように問いかける。すると影野は困ったように紗月を覗き込んだ。

「おまえは……単刀直入すぎる」

「影野さんだって、そういうところありますよ。たまに」

「おまえには負ける。ここへ初めて顔を出したときもそうだった」

「あれは……必死だったんです」

「いつでもそうだ。危なっかしくて、放っておけない」

影野はそう言って、やれやれとため息をつく。

「でも、ちょっとは役に立ったでしょう？」

影野は黙って、とめどなく紗月の目から流れ出る涙を長い指ですくい上げた。

二人で過去を重ねながら、今というときがあることに納得する。だからこそ、もう二度と離れたくないと、強く思う。

「影野さんのこと、二人の過去、一つひとつ、ちゃんと思い出したい。……一緒にいられる方法はないの？」

「言っただろう？　これは俺の罪と罰なんだ。覆されることなどない。俺の力はそう遠くないときにいつか尽きる。それが俺のさだめだ」

「そんなの……いや。私は……受けとめられない！」

　思わず声を荒らげた。消えるなんて言わないでほしかった。諦めないでほしかった。

「紗月、前に蛍のあやかしを見送ったとき、おまえに言ったことを覚えていないか？　生をまっとうして黄泉に行けることは、喜ぶべきことなんだって。あれは、俺自身の本音でもあったんだ」

　影野らしく淡々とした口調で言う。だけど、紗月はとても納得できなかった。ほんとうの別れがどんなものかも知らなかったから、言えたことだったのだ。

「俺とのことはもうこれ以上、思い出さなくていい」

「どうして？」

「おまえは幼い日に傷ついていた。せっかく忘れた悲しい記憶まで思い出す必要はないだろう」

「悲しい記憶？　それは、私のお父さんとお母さんが離婚したこと？　私がひとりぼっちでいつも泣いていたこと？　それだったら、もう大人になったんだもの。受けとめられるわ。私が辛いのは……」

「消えるのはあっという間だ。おまえの失われた十年に比べたら、どうということはないだろう」

　影野は感情の見えない顔のまま淡々と言った。

「そんなことない！　透馬村に戻ってきて過ごしてきた時間は、私にとってかけがえのない時間だわ。なかったことにするなんて……できない」

「現におまえはそうして生きてきた。俺が消えて、記憶が消えれば、いつかは……誰かと、幸せになれる」

　静かに、諭そうとする。それがすべて別れの言葉に聞こえて、耳を塞ぎたくなる。こんなふうに弱気になるなんて、いつも憎まれ口を叩いていた彼らしくない。

「そんなの、違うわ。いやよ。だって、私は――」

　あなたのことが好きだから。

　でも、その言葉がすんなりと出てこない。喉の奥がきりきりと締めつけられて、言葉にならないのだ。その代わりに涙があとからあとから溢れてくる。

「紗月……。ゆくゆくの話だ。俺はここにいる。まだ消えていないだろう。おまえが望むように……気が済むくらいまでは側にいてやる」

　やさしく微笑んだ影野に、紗月は思わず抱きついた。まるで、心の準備をしろと言われているみたいで、それ以上は聞きたくなかった。

『約束だよ。忘れないで』

　約束したのに。忘れないで、と誓ったのに。私だけが忘れてしまった。

「ごめんなさい。あなたを忘れてしまったこと。大事な思い出だったはずなのに」

　影野が、紗月の頬に手を伸ばす。

「おまえがこの店に来たときに、関わらないようにと思って拒絶をした。それがなぜかわかるか？」

涙で視界が揺らぐ中、影野は切なげに言った。

「こういう日が来るのを恐れたからだ。そう恐れながら、俺は、同じ過ちを繰り返した。おまえを長い間、恋慕《こいした》っていた、その気持ちが抑えられなかった。結果、おまえを苦しめた」

後悔している、と言ってほしくなくて、紗月は首を横に振る。

「そんなの……言わないで」

「紗月」

「いやっ」

ぐいっと手を引っ張られ、唇が軽く合わさる。びっくりして涙が引っ込んだ。

「わかってほしい。おまえのバカみたいに張り切った元気な姿が見たい。恥ずかしがったり怒ったりしながら、時々、笑っていてほしい」

「何ですか、バカって。それに今の、キス……いつもいつも突然……っ！」

「事前に予告すれば、いつでもしてもいいのか」

影野の手にぐっと力がこもる。彼の瞳が揺れていた。想いがそこから溢れてくるのが伝わってくる。

「……予告なんてしなくたって、いつだって、いいんです」

怒ってるのか、泣いているのか、悲しいのか、苦しいのか、ぐちゃぐちゃでわからない。ただわかるのは……彼のことが愛しい。それだけのこと。

紗月が涙ぐみながら言うと、唇が、もう一度、重ねられた。

「俺は、おまえが好きで、もどかしくて苦しくてたまらない。それでもやっぱり、紗月と、もう一度めぐり逢えてよかったと思う。だから……」

「……だめ。さよならなんて……言わせない」

記憶を、隙間を、想いを、すべて重ね合わせられるように、互いが、今ここに在ることを確かめ合うように。

——神様、どうかお願いです。私の命を彼にあげてください。あの日、私がもらった命を彼に……返してあげてください。どうか、お願いです。


外は、雪がしんしんと降り続いている。透馬村もいよいよ本格的な冬を迎えたらしい。村全体が真っ白に染められている。日本海側の雪は湿度を多く含んでいる。そのためか、店の建てつけの悪い玄関戸は相変わらず動きが鈍く、梅雨の時期以上に、お客が中に入ってくるのに一苦労だ。

風が吹きつけてこないだけいいが、どんよりとした銀灰色の空を見る限り、一向にやむ気配がない。目測で十五センチ以上は積もりはじめている。

昨日は、影野のことが心配で、結局そのままここで夜を明かしてしまった。寒さで目覚めた紗月は、影野が息をしていることにホッと安堵をした。窓の外を見ると、昨日とはまったく異なる銀世界だった。

影野は身体を横たえたまま、つきっきりの紗月を追い払うように、「帰れ」と言うが、紗月は心配でどうしても離れる気にはなれず、とりあえず何か食料を調達してこようと思い立つ。だが、この積雪のために足止めされたという感じだ。

厚手のベンチコートを羽織り、スコップを持って外に出ようとすると、紗月より先に、店の外で必死に雪かきをしている誰かがいた。せっせと赤いスノーダンプを動かして、店の端に寄せてくれている。

誰かと思えば――白銀だった。あやかしは寒さや暑さに無頓着なのか、白い着物と羽織を一枚だけという姿は、見ている方が寒々しい。

紗月は帽子をかぶってスコップを抱え、店の外にひょっこり顔を出すと、白銀の首にマフラーをぐるぐると巻いてやった。そして彼の手元を見た。

「いつから手伝ってくれていたの？　声をかけてくれたらよかったのに。手袋は……それじゃあ、破けちゃうわよね」

と言いつつ、彼の鋭い爪を見る。

「私のことは気にしないでくれ」

白銀はそう言うと、尻尾を垂らして、何事かを考えるように俯いてしまった。

「どうしたの？」

「あいつは、永い、永い間、ずっと孤独だった私の友だちになってくれた。大事な仲間なんだ。どうしたっていずれ消えゆく命ならば、せめて悔いが残らない余生になるよう、まっとうさせてやりたかったんだ。だから、影野には君と過ごす残りの時間を、大事にしてほしいんだよ」

「白銀……」

白銀の切実な本心を聞いて、胸がぐっと締めつけられる。

「ありがとう。あなたのおかげで、私は影野さんに再会することができたのよね」

これまでも白銀は、紗月と影野に接点をもたせようとしていた。怖い想いもさせられたが、今なら白銀の気持ちがわかる。

長い間ずっと、紗月が知らない間も、白銀にとって影野は大切な友だちだったのだ。無茶をしてでも、なんとかしたいと思うのは当然だろう。

「影野の分、私がこれからも店を手伝うよ。除雪ぐらいなんてことないさ」

そう言って張り切りはじめる白銀をしばし眺めつつ、彼の頭にこんもり積もった雪を丁寧に払ってあげた。

「影野さんだって、あなたのこと大事な友だちだって思っているわよ。もちろん、私もね？」

「紗月……」

瞳を潤ませ、抱きつきかねない白銀をあしらって、紗月は黙々と雪かきをはじめる。

「そういうところは、いつまでもつれないな、君は」

ぶつぶつ言い出す白銀を無視して、紗月はよしっと気合を入れる。

「さあさあ、やってしまいましょう！」

考えてもどうにもならないときは、考える暇もないくらい何かに夢中になるしかない。そう思ってしばらく必死になって雪を集めていたら、いつの間にか巨大なかまくらが作れる高さの雪山になっていた。

「雪だるまも、かまくらも……大きなものがいくつも作れそうなぐらいね」

紗月は一向に雪がやむ気配のない、銀灰色の空を見上げる。

「君は憶えていないだろうが、小さかった頃も一緒に作っていたよ。あの頃の君もとても可愛かったよ。ころころと鈴の音のように笑う君の声を聞いて、影野はとても幸せそうにしていた。言わずもがな、見守っていた私たちもね」

ほら、と手のひらに小さな雪だるまを作って、白銀が楽しそうに笑う。しかし、白銀から受け取った雪だるまは、紗月のかじかんだ手のひらの上でゆっくりと溶けていく。

「あぁ……」

それが、影野のことを連想させるようで、紗月の瞳からじわりと涙が浮かんでくる。

「紗月……泣かないでおくれよ。私だってね、影野のことも大事だが、君のことも好きなんだよ」

「ごめんなさい。泣くつもりはなかったんだけど……」

どうして、そんなにも、大切な思い出を自分は思い出せないのだろう。せめてすべての記憶を取り戻せたらいいのに。こんな中途半端で、何もしてあげられない自分が、情けなくて腹だたしい。

「今度は私が影野さんを助けてあげたい」

恩返しをしなくてはならないのは、紗月の方だ。

時計を確認すると昼を過ぎていた。さあ買い出しに行かなくては……と動こうとすると、白銀が腕を引っ張った。

「君は影野の側にいるといい。食料なら私が調達してこよう。狛犬たちの様子も見てくるよ」

「ありがとう。白銀。じゃあ、お使いを頼むわね」

「承知した」

白銀は喜んで狐火に乗って姿を消した。なんだかんだと白銀は頼れる存在だ。それに彼も何かをしていないと落ち着かないのは紗月と同じなのだと思う。

見送っていると、「騒がしいな」と低い声がして振り返る。影野が部屋の扉を開け、のっそりと起きてきた。おちおち休んでいられないといった不満顔だ。彼の手には読みかけの本があった。

「ごめんなさい。うるさかったですよね」

「いや。おまえの声が聞こえるのはいい」

顔が熱くなるのを感じていたら、影野がふっと笑みをこぼした。

「俺がこう言うのはおかしいか？」

「それは……すぐには慣れませんよ」

「くちづけをした仲でもか？」

そう言って、影野は紗月の華奢な顎をついっと押し上げる。無垢な黒い瞳に見つめられると、息が止まりそうになった。

「……っそ、そういうことを……ストレートに言うから……」

「色々と隠す必要がなくなったんだ。好きにさせてくれ」

憂いを帯びた眼差しにどきどきする。今までのことを考えると、あまりにも素直な彼に調子が狂う。動揺した紗月は、思わず悪態をついた。

「忘れろって言ったくせに」

「……すまない」

そう言いつつも、二人の距離は徐々に縮まっていく。吐息が触れ、焦点が合わなくなるぐらいまで――

「ほんとう、勝手ですよ」

そう言いながらも、気持ちは彼にだけ、ただまっすぐに向かっていく。

伏せられていく睫毛が、初めて見たカラスバトの綺麗な羽のように七光りする。耳までじんと熱くなるのを感じながら、紗月はそのまま魔法がかけられたみたいに目を閉じて、彼の唇のぬくもりを受けとめた。

微かに表面が触れるだけで、全身の血液が沸騰しそうになるぐらい、熱くなるこの想いは……影野が感じてくれているものと同じだろうか。二人にとって重荷になるだけなのだろうか。それでも思わずにはいられない。

(影野さん……あなたのことが、好き……)

嬉しい反面、覚悟を決めた彼を思うと、胸がちりちりと焼けるように痛くなる。

唇は名残惜しむように離された。睫毛が涙で湿っぽくなっているのを感じる。紗月が泣き出しそうになると、影野は物憂げに見つめて、頬に伝う滴をそっと指で拭った。

「まったく、白銀が側にいると、目が離せない」

「だったら……側にいて。ずっと、ずっと……私と一緒にいて」

紗月は離れたくなくて、ぎゅっと抱きついた。髪を撫でながら、触れてくれる唇が愛しい。その感触を忘れないでいたい。目を瞑ったときにも、夜、眠りにつくときにも。

たとえば、失った記憶の代わりに、これから先のことを憶えていたい。一瞬ずつを目に焼きつけて、二度と愛しい人の存在を忘れてしまわないように。


——それから一週間後のこと。

しばらくぶりに晴天が広がり、季節が間違ったのではないかというぐらいに暖かい日がやってきた。周りの雪が一気に溶けて、あれほど雪かきをしたのも夢だったかのように、アスファルトがスパンコールのようにきらきらと煌めいている。

鴉翅堂書店に、懐かしい客が訪れた。夏の日、蛍のあやかしだった耳の聞こえない彼女に恋をした中学生の眺だ。でも、和歌集を渡すと意味がわからないといった顔をされてしまった。眺は彼女のことを覚えていなかった。彼女と過ごしたことも、告白したことも、何もかも……記憶をすべて失っていたのだ。

影野から言われてわかっていたとはいえ、ショックだった。

あの時間はいったい何だったのだろう。幻ではなく現実にあったことなのに、何もなかったことになっているなんて、やっぱり悲しすぎる。自分もいつかは影野のことをそうして忘れていくのだろうか。そう考えたら、紗月は不安で怖くてたまらなかった。

神社の鳥居をくぐり、境内を目指して石段をのぼりはじめる。毎日朝晩、影野のためのお参りが日課になっていた。

影野は相変わらず古書店の部屋で休養している。体調のいいときは本を読んだり、紗月と話をしたりするが、ほとんど動きたくないようだった。彼の表情には以前のような覇気《はき》がなく、つれなかった以前とは違って、弱々しい。時々、魂が抜けかけたみたいにぼんやりとしていて、彼の身体が向こう側の景色に透けて見えた。

残された時間があとどれくらいなのか、それは影野にもわからないらしい。そのため、時々、伊織と紫織が力を分け与えにきてくれる。紗月は自分にできることをしながら、少しでも影野が楽になれるように手伝いをしたかった。

紗月は何百段もある階段を見上げる。一段ずつ石段をあがりながら、影野と出会った日のことを思い浮かべた。

鴉翅堂書店を訪れたばかりの頃は拒絶され、働きはじめてもずっと素っ気なかった。それは彼が打ち明けてくれたように、近づけば辛くなるから紗月に関わらないようにしていただけだった。それでも彼は紗月を見守ってくれた。

比翼連理のお守りをもらったとき、夏祭りに連れていってもらったとき、家まで送ってくれて羽織を貸してくれたとき、すべてに、影野の愛情があったのだ。ただ言わなかっただけで、ずっと想ってくれていた。

(私は、影野さんに何も返していない……どうしたら、彼は喜んでくれるだろう)

本堂の前で手を合わせて心から願う。できる限りの時間、彼の側にいたい。彼の望むことをしてあげたい。私にできるすべてで彼を幸せにしてあげたい。

お参りをしたあと、紗月は伊織と紫織のいる旧本堂に向かった。これから伊織が影野のところに一緒に来てくれることになっていた。

「紗月、来たな」と声をかけてきたのは、紫織だった。

「紫織くん、こんにちは」

「満江ばあさんと伊織が薬粥《くすりがゆ》を作っている。持っていくといい」

「ほんとう？」

紫織が頷く。彼はあまり表情を表に出す子ではないが、しっかりとした真面目な好青年で、伊織と対照的な良さがある。

紗月は紫織が手に持っていた本に目を留めて、声をかけた。

「それ、『キミとプラネタリウム』の新刊じゃない？　伊織くんに言ったら、すっごく喜んでくれると思うわ。感想を聞きたがっていたよ」

「いい。持ってたって言うなよ、紗月。それに……こっそり買うのが楽しいんだ。す、少なくとも伊織の応援になるだろうし」

耳まで顔を赤くして、紫織が言う。ああそっか、そういうことなんだ、と思った。

「ファン一号ね」

紗月は自分のことのように嬉しくなり、ふふっと笑い声を立てた。するとますます紫織はへの字に唇を曲げてしまった。

「ほら、行くぞ。影野に薬粥を届けるんだろう」

それから紗月は紫織に先導され、台所にいる満江と伊織のもとを訪ねた。

「あ、紗月さん、今、届けに行こうと思ってたところだったんだ。ちょうどよかった」

伊織がひょっこりと笑顔を見せた。

「これも、食べさせてあげるといい」

満江がそう言い、スイートポテトを持たせてくれた。それから紗月は伊織と一緒にさっそく鴉翅堂書店に行くことにする。

「満江おばあちゃん、作ってくれてありがとう。紫織くんも、またね」

満江と紫織が「気をつけて」と手を振っている中、伊織が「行こうか」と声をかけてくれる。

「紗月さん、ここ来るときさ、紫織と何を話してたの？」

「え？　どうして？」

「最近、やたら仲が良さそうだから、やきもちだよ」

伊織はそう言い、拗ねた瞳で紗月を見上げた。そういうふうに見られると参る。

「うーん、それはね、今度、紫織くんに直接聞いて。私から言ったら怒られちゃうから」

「えー……ますます気になるよ。紫織は絶対に喋ってくれないし」

「ごめんね」

ちぇーっと伊織は不服な声をあげ、紗月の腕に絡みついてきた。

「じゃあ、その代わり、今は独り占めしよーっと」

「もう、伊織くんったら」

それから二人は神社の階段を降りると、古書店を目指してあぜ道を歩いた。風は冷たいが、春の訪れを感じさせる匂いがした。

「あとひと月もしたら、桜の季節だね。紗月さんが……戻ってきてまもなく一年になるんだね」

伊織がしみじみと感慨に耽る。

「そうだね……桜かぁ。お花見したいなぁ。影野さんと一緒に……桜が見たい」

何の気なしに呟くと、伊織が大きな目をさらに丸くして、声を高くした。

「それだ！　お花見会を開こう。腕によりをかけて料理を作ろうよ。きっと影野さんも喜んでくれるよ」

「うん！　いいね。そうしよう。なんか考えたら、わくわくしてきた」

「でしょう？」

——新しい『約束』をしたい。一緒にいる時間を大切にしたい。

楽しいことをたくさん考えて、一緒に新しい思い出を作って、それから……できるだけの時間を過ごしたい。そんなふうに思いを馳せながら、道中は飽きることなく伊織と会話に花を咲かせた。

商店街に戻ってきて、さっそく影野にお花見の話をしよう、と古書店の鍵を開けようとしたとき、紗月は違和感を覚えた。

おかしい。鍵が開いている。出かけるときは閉めていったはずだ。紗月はいやな予感がして、表情を強張らせる。

「どうしたの？　紗月さん」

紗月は急いで影野の部屋の扉を開いた。そこはガランとしていて、影野の姿がどこにもなかった。

「いない……影野さんが、いない」

『紗月……ゆくゆくの話だ。俺はここにいる。まだ消えていないだろう。おまえが望むように……気が済むくらいまでは側にいてやる』

影野の声が鼓膜に蘇ってくる。

『……これはさだめだ、仕方ないことなんだ』

紗月は弾かれたように、その場から駆けだした。

「紗月さん、どこに行くの!?」

伊織が驚いて声をかけてくる。しかし紗月は立ち止まれなかった。店を飛び出して、神社へと逆戻りする。

「私っ……行かなくちゃっ……」

でも、どこに行けばいいかわからない。

『約束だよ。忘れないで』

紗月はその言葉を思い出し、その場から駆け出した。一刻も早く、一分でも、一秒でも早く、会いに行かなくちゃ。

(影野さん、影野さんっ……いやだ、影野さんっ!)

涙で前が見えない。足がどんなふうに動いているのかも、どんなふうに息をしているのかも、わからない。鼓動がただ速く駆けていくのだけが、耳の側で弾んで聞こえる。

「やだっ！　影野さんっ……やだっ！　私を、置いていかないで！」

どっと派手に転んで、膝に灼けるような痛みが走った。きっと血が流れている。そんなこと構いはしなかった。立ち上がり、必死に先を急ぐ。

大丈夫、いなくなったなんて嘘だ。きっとふらっと出かけてみたくなっただけだ。会ったらいつもどおりに微笑んでくれるはず。だから、見つけなくちゃ。

紗月は必死に自分に言い聞かせ、もつれる足で前に進む。

『約束だよ。忘れないで』

きっと、彼がいるのは、約束していた場所に違いない。

早く、早く、一刻も早く――

背中に汗が流れ、冷たい風が、額をさらっていく。

心臓が破けてしまいそうなぐらい、鼓動が激しく脈を打っていた。

そのとき――

なぜか、目の前が薄紅色に染まり、雪が降るはずの季節に、桜の花びらが舞い降りてくる。紗月の足元に、小さな女の子が鈴の音のような笑い声を立てて、駆けていくのが見えた。

（え――？）

『待ってよ、そっちに行ったらあぶないよ！』

少年の声が響きわたる。紗月の足元を通り抜けていく。二人が向かおうとしているところは神社の境内、そして裏参道だ。

(これは、何——幻？)

ちらちら、と花びらが舞う中、頭の中に断片的な記憶が浮かびあがってくる。チャンネルを乱暴に変えたみたいに次々に淡く彩られた景色が映し出される。

紗月が体験したはずの、知らなかった記憶なのではないか——そんな予感に胸がざわめく。

「あ、私……」

鼓動がいっそう速まる。少女の手が届きそうなところに、花びらが舞い降りて、紗月は全身に雷鳴を浴びたような衝撃を受けた。今までぼんやりと霞んでいた景色が鮮明に映し出され、声がはっきりと聞こえたのだ。

『ねえ、今日こそは教えてくれる？　あなたはどこの子なの？　なんていう名前なの？』

『神様に怒られるから、誰にも言わないって約束してくれる？』

『うん、約束するわ』

『僕の名前は、千尋《ちひろ》』

(ちひろ……？)

『それが、あなたの名前？』

『うん。この名前にはね。永遠《とわ》に続く想い……そういう意味があるんだって。神様が僕につけてくれたんだ』

『すてき！　とってもいい名前だわ』

『ねえ、さっちゃん、約束しよう、また必ずここで会おうね』

『うん、約束だよ。これから先も、ずっとずっと……一緒だよ』

（さっちゃん……）

そう呼んでくれた少年の笑顔が、瞼の裏に焼き付く。あの絵本の物語じゃない、デジャブでもない、これは……間違いなく、紗月の記憶だ。

呆然としていると、目の前の映像が急に変わった。月がぼんやりと浮かぶ夜。夏に蛍を見つけにいった日のこと。可愛く浴衣を着せてもらったのに、少女は泣いていた。

『お母さんが泣いてばっかりいるの。お父さんが帰ってこないの。さつきのことも嫌いになっちゃったのかな』

しゃくりあげるように涙をこぼす少女を、少年は手を握って励ましてくれる。

『そんなことないよ。泣かないで、僕が側にいるから……ずっと側にいるから』

『ほんとう？　ずっといてくれる？』

『だって、約束したでしょう？　僕たち、ずっと一緒にいるんだって』

秋が来ても、冬が来ても、ひとめぐりして、春が来ても、ずっと。

五歳になっても、六歳になっても、七歳になっても。

八歳になっても、九歳になっても、十歳になっても。

――ずっと二人は一緒にいた。

『ずっと一緒にいよう。約束だよ。忘れないで』

楽しいときも、苦しいときも、うれしいときも、泣きたいときも、ずっと、ずっと。

『約束だよ。忘れないで』

紗月が十歳の誕生日を迎えた日に、両親の離婚が決まった。人の想いが永遠には続かないことを初めて知った日だった。そんな中、少年と約束をした神社へ向かって紗月は走っていた。

(千尋くんは言ってくれた。千尋くんはずっと一緒にいてくれるって、約束したもの)

早く、早く、伝えなくちゃ。

紗月は焦っていた。父親がいなくなったことで、千尋までいなくなるのではないかと不安になったのだ。

そうじゃないと、信じたかった。今度こそ、願いたかった。

きっと願っていれば……大好きな人とずっと一緒にいられることを。

――あのね、私の願いはね……。

「……っ」

次々に溢れて、頭の芯が痺れたみたいに痛くなる。世界が歪む。

（どうして、私……こんな大事なことを、忘れていたんだろう）

そうだ、少年の名前は、千尋。影野千尋……。カラスバトだった彼が、神様に姿を変えてもらって、紗月に会いに来た。それからずっと二人は一緒に過ごしてきた。

五歳から十歳までの間――ひとりぼっちだった紗月に、初めてできた友だちであり……紗月の胸に小さく咲いた、初恋だった。

事故に遭った日、紗月は少年と約束していた神社に向かう途中だった。あのとき、紗月は少年の姿を見つけて急いで駆けつけようとした。すぐ側に、車が飛び出てくるのが見えなかった。

『あのね、千尋くん、私の願いごとはね――』

『あぶないっ』

耳を劈《つんざ》くような激しいブレーキの音、巨大な爆発音と衝撃、散り散りになりそうなほどの痛みに意識を失いそうになったとき、自分の身体を包んでくれた温もりに気づく。

『紗月――！』

『……ち、ひろ……くん』

意識を失う前に見えた――大好きな人の顔。彼は、紗月の命を守ってくれたのだ。

（それなのに、私はすべてを忘れてしまった……大事にしてくれたのに）

薄紅色に染まっていた桜の風景は、真っ暗な闇にかき消された。紗月の人生はそこから少年との接点を断たれた。何もなかったかのように——別の人生を歩みはじめてしまったのだ。

紗月の胸の中に想いが溢れる。彼と過ごした一つひとつが、走馬灯《そうまとう》のように蘇って、浮かんでは消えていく。けれど、今度は忘れない。これは紛れもなく、紗月自身の記憶だ。突然、真っ暗闇に包まれ、紗月はあたりを見渡した。欠けた月の光が頭上に輝くのだけが見えた。ひらり、ひらり、桜の花びらが舞い降りてくる。

紗月は無我夢中で走り、叫んだ。

「私、あなたの名前を思い出したよ！　あなたとの思い出をぜんぶ取り戻したよ！」

涙はとめどなく頬を伝っていく。

やるせなくて、せつなくて、恋しくて……愛しくて。

「あのとき、私の願いは、あなたと……ずっと、ずっと、一緒にいることだって、それを言いたかったの！」

消えてしまう。何もかも。ここにいた事実も、過ごしてきた記憶も、何もかも。

そんなのはいやだ、諦めたくない。終わりだなんて言わないで。ずっと側にいてほしい。ずっと二人で一緒にいたい。

紗月の向かう方向に、ひらり、ひらり、舞い降りてくるものがある。それは桜の花びらではなく、黒く美しい羽——そして、身体が何かあたたかな温もりに包まれた。

そこに影野が微笑んでいてくれる気がした。

「影野さんっ！」

『紗月……泣くな、大丈夫。ここにいる。おまえの、ずっと側にいるよ』

「……影野さん」

『だから、紗月、そんなふうに泣くな』

降り注ぐやわらかな声に、紗月はつられて手を伸ばす。影野の姿がゆっくりと視界に飛び込んでくる。必死に手を伸ばした。その腕に抱きすくめられた瞬間、ぱっと霧が晴れたように明るくなり、紗月は神社の境内にたどり着いていたことに気づく。

しかし目の前に見える影野は、輪郭が溶けかけているように、光の粒子に包まれ、姿がほとんど消えかけている。

「どうして……今朝は、こんなんじゃなかったのに」

『狛犬たちが頑張ってくれたが、もう……時間切れだ、紗月』

無情な宣告に、紗月はかぶりを振る。

「そんなの、いや」

影野の感触を確かめたくて、彼の腕を掴んだ。

「私、思い出したの。千尋くん、あなたは千尋っていう名前だった。ずっと私の側にいてくれた。約束を忘れていてごめんなさい。助けてくれたのに、あなたのこと忘れてしまってごめんなさい」

『そうか。おまえは……最後に、思い出してくれたんだな』

影野はそう言い、紗月の頭をやさしく撫でてくれる。でも、ほとんど感触がなく、そよ風に吹かれているかのようだ。

「そうだよ。だから最後だなんて言わないで……いなくならないで」

紗月が懸命にしがみついても、影野はただ悲しそうに睫毛を伏せるだけだった。

涙で、前が見えなくなる。この目に焼きつけて、あなたの顔を、覚えていたいのに。

『泣くな。笑ってくれ。おまえの笑っている顔が見たいんだ』

「笑えないよ。あなたがいなくなるのに、笑えないっ！　置いていかないで」

『紗月……わかってくれ。俺にはこれ以上もう、どうすることもできないんだ。おまえの涙を拭ってやることさえできない』

「わからないよっ……」

ぐっと抱き寄せられた腕の中で、唇がそっと重なり合う。前に触れたときはあたたかかったのに、今は氷のように冷たい。彼の澄んだ瞳の光が閉ざされようとしている。

――本当に、消えてしまうんだ、そう思ったら怖くて、無我夢中で影野に抱きついた。

『……紗月、おまえに渡したいものがあったんだ。見てくれないか』

影野がそう言い、紗月の肩をそっと押し返す。

彼の手に持たれていたのは、一冊の絵本。『約束の時間』というタイトルの下に、神社の赤い鳥居があり、少年と少女が手を繋いでいる絵が描かれていた。

紗月は弾かれたように影野を見る。

「これは……私たち？」

『あぁ。おまえのことを、ずっと思っていたよ。一緒に過ごした日々は、かけがえのない時間だった。幸せだった』

そう言ったっきり、紗月の目の前から、ゆっくりと視えなくなっていく。

「影野さん？　やだ……いるんでしょう？　お願い、姿を現してよ！」

返事は返らない。たまらなくなって、紗月は泣き叫んだ。

「ねえっ、いるんでしょう⁉　お願い、置いていかないで！　一人で行かないで！　私、あなたと一緒に、生きたいよ！」

涙で目の前が曇ってしまう。必死に目を凝らしても、もう視えない。

『……紗月、泣かないでくれ』

声は聞こえるのに、視えない。

やがて、どんどん聞こえなくなっていく。

「だめ！　声を聞かせて！」

『最期に、名前を呼んでくれないか……』

「最期、なんて……いやだよっ……影野さんっ……千尋──！」

もしも願いが叶うなら、誰にも言わない。だって言ったら叶わなくなるから。

だから、少女の頃、心の中で思っていたの。あの頃の私の願いはただ一つだった。
あなたと、ずっとずっと一緒にいたい——できるなら永遠に。
ただ、それだけだったのに。
でも、伝えることのないまま、私があなたを忘れてしまったから。
その願いは叶えられなかったのね。

『さっちゃん、ありがとう。一緒にいられて幸せだった。君のことが……とても、とても、……心から、大好きだったよ』

『愛してる、紗月』

幼い少年の声と、大人の影野の声とが、交わり合って遠ざかり、紗月の前から瞬く間に消えていく。

雪国の冷たい冬、目の前に見えた桜の花びらは幻だったのだろうか。
風が強く吹きつけ、空はまた白く染まり、しんしんと雪が降り、積もりはじめる。
取り残された紗月の慟哭《どうこく》が、侘《わび》しい田舎の神社にむなしく響きわたる。

そして——かき消された。

終　話　比翼連理

「——……き、紗月！」

　誰かの呼ぶ声がして、紗月はハッと目を覚ました。

　目の前に見えたのは——真っ白な天井とその模様。そっと横を向くと、顔を真っ青にした母と、心配そうな顔をした祖母の姿があった。

「おかあ……さん、おばあ……ちゃん……」

　自分が出したのではないみたいな、擦れた声がする。

　母がなだれ込むように、紗月の手をぎゅうっと握りしめ、涙を浮かばせた。

「よかった。あんた、お昼頃に神社の階段のところで、倒れてたのよ。おばあちゃんから職場に知らせをもらって、ほんとうに心配したんだから」

　紗月は祖母の方に視線をうつす。祖母もまた心配そうに頷いてみせた。窓の外はもうまっ暗だった。

「神社……？　どうして私、神社になんか……」

　頭がずきりと痛んで、紗月は眉をしかめた。どこか打ったのだろうか。身体が鉛のように重たく、息苦しい。それに、何も思い出せない。

（あれ、私……透馬村に戻ってきて、それから……？）

神社に行ったことはおろか、東京から地元に帰ってきたところから、まったく記憶がない。

言葉を失い、呆然としていると、ちりんと鈴の音が鳴る。その音色がする方を見ると、祖母が紗月に一冊の絵本とお守りを渡してくれた。

「この絵本を抱きしめて、倒れていたんだよ。ちょうど、散歩をしているときに、さっちゃんが目の前に……いやいや、たまげたわ」

「私が、この絵本を？」

『約束の時間』というタイトルの絵本に目を落とす。

「ああ。手にはこのお守りを握りしめてねぇ」

「お守り……？」

「ええ、これは比翼連理という縁結びのお守りだね。二つで一つ……お互いが離れなくてはならなくなったときも、愛し合っていれば、いつかは一つに結ばれる——そういう意味のあるお守りだ。さっちゃんの大切なものなんじゃないのかい？」

小さな鈴がついた朱色のお守りを受け取りながら、紗月は困惑した声を出す。

「これをなぜ私が……わからないわ。どうしていたのか、何も思い出せない……」

紗月が呟くと、母と祖母が揃って、心配そうな表情を浮かべる。

「階段から落ちたのかしら。やっぱりどこか打ちどころが悪かったとか……」

「私、東京からこっちに戻ってきて、どうしていたの?」

そう言うと、母は顔を真っ青にし、弾かれたように看護師を呼びに行った。

「さっちゃん……ほんとうに、何も憶えてないのかい?」

祖母が手を握ってくれる。そのあたたかさにひどく胸が苦しくなった。瞼がじわりと温かくなり、涙がこぼれていることに気づく。

「うん。思い出そうとしても、何も思い出せないの」

どうして泣いているのかも、どうしてここにいるのかも、わからない。

まるで子どもが迷子になったときみたいな、心細さに身体を震わせる。すぐに看護師を連れた母が戻ってきて、紗月は医師の診察を受けることになった。

検査のあと、病室のベッドに身体を横たえながら、紗月は母と祖母にそれぞれ話を聞いた。

東京から透馬村に戻ってきたのは一年前というのだから驚いた。その空白の一年間、紗月は、祖母が昔開いていた古書店をえらく気に入って、頻繁に出入りしていたらしい。

紗月が十歳のときに事故に遭い、記憶を失ったこともあり、今度こそ一大事なのではと母は焦ったようだが、検査の結果、擦り傷や打撲《だぼく》だけで、すぐに退院になった。

だが、紗月の記憶は戻らない。一時的なものだろうと判断されたが、十歳のときのようにずっと思い出せないままなのかもしれない、という不安が残った。

退院後、紗月はさっそく祖母から引き継いだという古書店を訪ねた。

預かった鍵で店を開けると、むんとした埃っぽい匂いがした。

「わぁ、すごい」

密集した書架の間に所せましと並べられた本の数々を目にし、思わず感嘆の声をあげる。これはたしかに気に入るはずだ。

（どうして私……忘れてしまったのかしら。神社でいったい何があったの？）

必死に記憶を辿ろうとするものの、空白の一年間のことが、少しも思い出せる気がしない。

でも、この古書店にいると、そんな焦りも不安もいつのまにか和らいで、なぜか懐かしくおだやかな気持ちになれた。

絵本のコーナーに目を向け、並んでいる本のタイトルを順に追っていく。

「懐かしいものが、たくさんあるわ。そうそう……これ、大好きだったわよね」

『しろいうさぎとくろいうさぎ』という絵本は紗月も持っている。ボロボロになるまで読んでいたという絵本だ。

それから、『よるくま』、『銀河鉄道の夜』、『かみさまからのおくりもの』、『ぐりとぐら』のシリーズや『１００万回生きたねこ』、『ないた　あかおに』といった名作、『どんなにきみがすきだかあててごらん』、『ラチとらいおん』『ごんぎつね』……紗月はどんどん手に取りながら頬を緩ませる。

表紙を眺めるのだけでも楽しいが、いったん読みだしたら止まらなくなってしまう。そして紗月は、持ってきた『約束の時間』という謎の絵本をその場に飾ってみた。だが、やっぱりやめようと手元に戻した。

著者名も出版社名もない、不思議な絵本。なぜかは説明できないのだけれど、この絵本だけは手元から離してはいけないような気がしたのだ。

（それに、記憶の鍵になるかもしれないものね）

そう思いながら、店の中を眺め、外へと視線を向けた。

透馬村の春はとても美しく、清らかだ。店の中にずっといて、景色が移ろうのを眺めていたくなる。そして、誰かがやってくるのを待ち遠しく思うことだろう。

きっと、紗月は一年の間に、ここが大事な場所になっていたに違いない。そうでなければ、こんなにも胸がいっぱいになる気持ちを説明しきれない。

ひらひらと、薄紅色の桜が舞うのを眺めていると、ひどくせつなく、もどかしい気持ちになる。なんだか落ち着かなくて、自分を助けてくれたであろうお守りをポケットの中でまさぐると、ちりんと涼やかな鈴の音が鳴り響いた。

「とりあえず、お店を開いていたっていうことは、お客さんがいるっていうことだものね。掃除をしなくちゃ」

紗月は気を取り直して、店の中の整理整頓と清掃をしはじめた。

すると、しばらくして「すみません、開いていますか?」という声が届いた。どうやら開店していると思ったお客がやってきたらしい。

「はーい!　どうぞ。ぜひ見ていってください」

紗月はカウンターのところに戻り、笑顔で対応する。そばに置いてあったエプロンを身につけ、前ポケットの中に鈴を仕舞った。

今は、失われた記憶の分まで、今という時間を大事に生きよう。

――それから瞬く間に三年の月日が流れた。

結局――あれから記憶は一度も戻ることはなかった。だが、不便を強いられることもなければ、深刻な身体への影響もなく、町民会館のアルバイトをしながら、相変わらず古書店を営んでいる。

紗月も今年で二十八歳だ。正直、生活のことを考えると、紗月一人で古書店の経営をいつまでも続けていられるかわからない。

ときが経つにつれ、そろそろ潮時かもしれないと何度も思うのだが、そのたびに思い直した。

さびれた古書店ではあるが、意外に客が入ってきて、本を通して触れ合っているうちに、いつの間にかここが自分のあるべき居場所になっており、すっかり離れがたくなっていたのだ。

紗月はカウンターの棚に仕舞っていた『約束の時間』という絵本を手に取った。それは、紗月が三年前に神社で倒れていたときに抱きしめていた絵本だ。未だにどうしてこの絵本を持っていたのかはわからないけれど、大切にしていたものだったことはわかる。

少女が神社で少年と出会い、『約束』を重ねながら愛おしい日々を綴っていく物語には、やさしい愛情が満ち溢れているからだ。

『約束だよ。忘れないで』

そう描かれた言葉を指でなぞりながら、紗月は不思議と頭の中に同じ言葉が蘇ってくるのを感じた。

実はそれは初めてではなかった。もしかしたら失くした記憶に関係あるのだろうかと、目を閉じて、もう一度声の記憶に耳を澄ませてみる。やはり、いつか、どこかで聞いたことのある気がする。

けれど、その記憶の断片も日が経つにつれ、どんどん薄れていく。記憶が消えると感じるたびに、紗月はお守りの鈴に触れた。やがて、それは紗月の癖になっていた。

本棚の整理をしていると、後ろの方でパタパタっと棚から本が倒れてきて、紗月はハッと我に返った。

見れば、『ごんぎつね』の絵本が置かれてあり、紗月は「あれ？」と思う。

（さっき、整理したはずなのに、どうしてここに……）

「——店は開いているか？」

お客の声がして、紗月はカウンターの方へと急ぐ。

「いらっしゃいませ。もちろん、開いていますよ！　鴉翅堂書店へようこそ！」

紗月は元気いっぱいに声を弾ませた。

すると、びゅうっと吹き込んできた春風に誘われ、桜の花びらが舞い降りてくる。

砂埃が入り、思わず目を眇《すが》めた。

そのうえ、ちょうど逆光になっていて、客の表情が見えない。

ようやく見えてきた男性の端整な顔にどこか懐かしさを覚え、とくり、と鼓動が波打つ。

花びらが、静かな湖面をそっと揺らして波紋を広げてゆくかのように、心がざわつきはじめる。

止まったときがゆっくり動き出すように、とくん、とくん、と胸の鼓動が少しずつ早鐘を打っていく。どういうわけなのか、わけもわからずに、涙がこみ上げていた。

「あれ……どうして、私……涙……」

紗月は涙が浮かびつつあった目尻をごしごしと擦り、花霞みの風景に、幻のように溶け込んでいる着物姿の男性客を見つめた。

彼は思わずというふうに紗月に近づき、目尻の涙を拭ってくれてから、懐かしそうに目を細め、紗月を見つめた。
紗月は驚いて、彼を見つめ返す。
彼はハッと我に返り、次の行動に迷っているようだった。
説明のつかない感情の答えを探すべく、紗月は必死に記憶の蓋を開けようとする。
着物の袖が触れ合い、ふわりと馨しい甘やかな香りに包まれる。
なぜか、胸の奥が詰まったように、苦しくなった。
「……っ」
思いだせない。
――でも、この匂いを知っている気がする。
「どうして……泣いているんですか？」
困惑したように彼は訪ねてくる。
わからない。
――でも、この声を知っている気がする。
「……っいえ、すみません。なんだか、よくわからないんですが、涙が流れるんです」
紗月は、それから言葉にならずに、彼を見つめた。
彼もまた、紗月を見つめる。
刹那、ちりん、と鈴の音が響いた。
それは紗月が癖のように触れているポケットの中のお守りではない。彼の方からだった。

「もしかして、これと色違いのお守りを持っていませんか？」

彼はそう言い、懐から紫色の番の鳥が描かれたお守りを、紗月に見せる。

お守りの絵柄には見覚えがあり、弾かれたように紗月はポケットから取り出して見せる。

「これ……ですか？」

「そうか。あれからずっと……持っていてくれたんだな。だから……」と彼は消え入るような声で呟く。というよりも、声が震えているようでもあった。

「縁結びの……お守りですよね？　でも、私、実はどうして自分がこれを持っているかわからないんです」

「そうですか」

と彼は少し悲しげに、でも嬉しそうに紗月を見つめる。

なぜだろう。彼の物憂げなまなざしを、見たことがあった気がする。ずっと昔から、知っている気がする。

それも、かけがえのない幸せだった記憶のような気がする。

「あの、どこかで会ったことがありませんか？」と紗月は無意識に問いかけた。

「実は、同じことを考えていました」と彼は答えた。

紗月は、わけもなく溢れてくる涙を拭いながら、彼を見つめた。

凛とした黒の瞳、無垢でやわらかな眼差し、甘く整った表情、彼が持つ雰囲気には、たしかに懐かしい面影があった。

言葉にすることのできない切羽詰まった感情には、どこか憶えがある。

でも思い出せない。


ただ、目の前の人に、恋をする予感がする。

勇気を振り絞って、それを伝えたら、

「僕も同じことを感じていました」

と彼はやさしく微笑み、

「また、あなたに会いに……ここへ来てもいいですか？」と言った。

紗月は驚いたが、それが当然であるかのように、気付けばごく自然に、

「はい」と返事をしていた。


これから、かけがえのない恋をする、予感がする。

再び古書店の中を、そよ風が吹き抜け、ちりん、ちりん、と二つの鈴の音が響きわ

たる。
すると――どこからか、ひらり、ひらり、黒い羽が舞い降りてきて、二人の間に置いてあった『約束の時間』という絵本の上で、きらきらと宝物のように輝いた。

〈参考文献〉

『しろいうさぎとくろいうさぎ』文・絵：ガース・ウイリアムズ　訳：まつおかきょうこ　福音館書店　1965年
『よるくま』文・絵：酒井駒子　偕成社　1999年
『かみさまからのおくりもの』文・絵：ひぐちみちこ　こぐま社　1984年
『銀河鉄道の夜』文：宮沢賢治　絵：藤城清治　講談社　1982年
『ハゴロモ』著：よしもとばなな　新潮社　2006年
『ごんぎつね』著：新美南吉　絵：黒井健　偕成社　1986年
『ラチとらいおん』文・絵：マレーク・ベロニカ　訳：とくながやすもと　福音館書店　1965年
『百人一首（全）ビギナーズ・クラシックス　日本の古典』編：谷知子　角川学芸出版　2010年

本作は書き下ろしです。
本作品はフィクションです。実際の人物や団体、地域とは一切関係ありません。

TO文庫

あやかし恋古書店
僕はきみに何度でもめぐり逢う

2016年6月1日　第1刷発行
2017年6月5日　第5刷発行

著　者　蒼井紬希
発行者　本田武市
発行所　TOブックス
〒150-0045 東京都渋谷区神泉町18-8
松濤ハイツ2F
電話03-6452-5678（編集）
0120-933-772（営業フリーダイヤル）
FAX03-6452-5680
ホームページ　http://www.tobooks.jp
メール　info@tobooks.jp

フォーマットデザイン　金澤浩二
本文データ製作　TOブックスデザイン室
印刷・製本　中央精版印刷株式会社

Printed in Japan　ISBN978-4-86472-497-5